フミ物語

想い出の足利デパート

小沢君江 著

緑風出版

足利駅周辺図

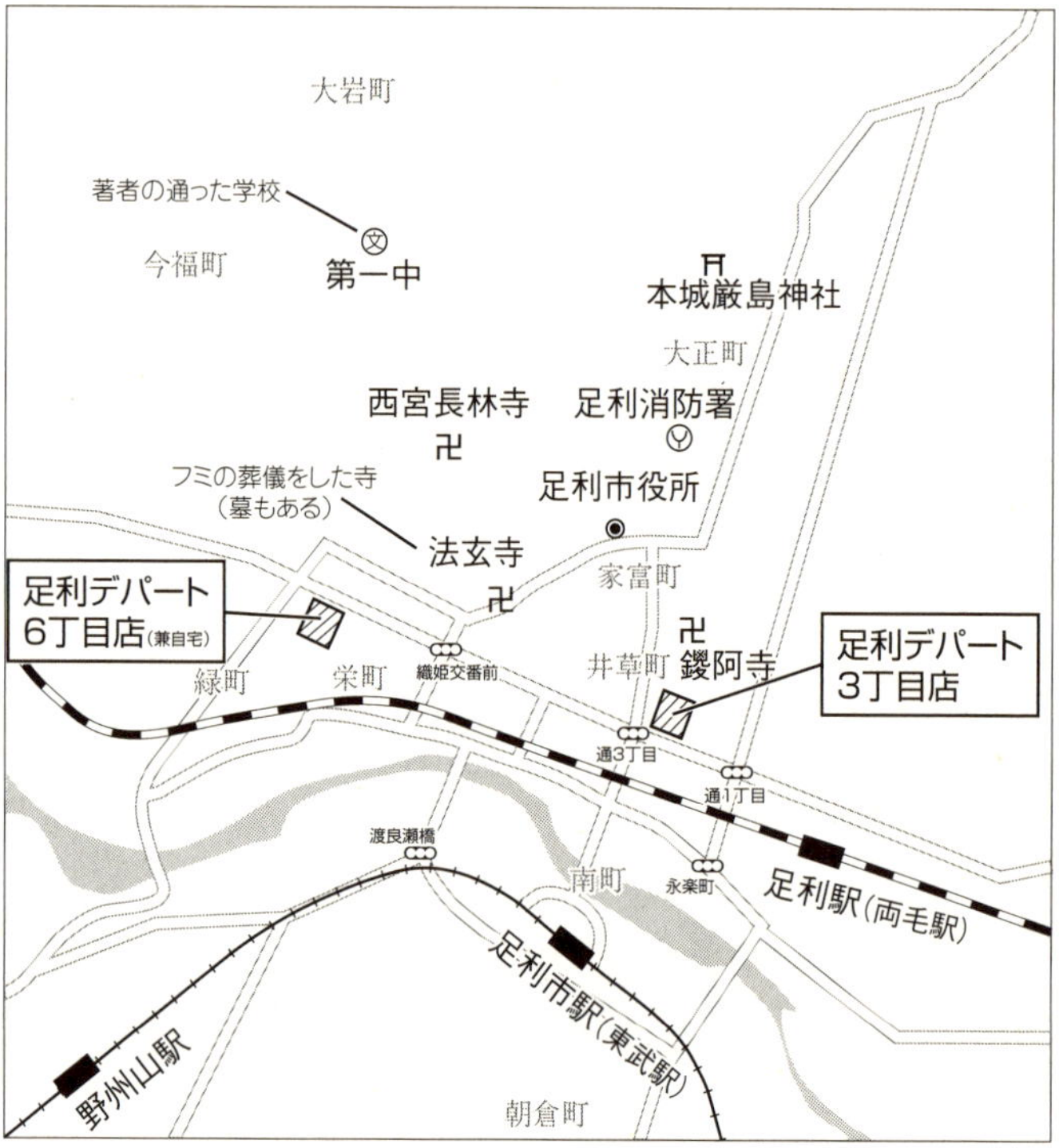

大岩町
著者の通った学校
第一中
今福町
本城厳島神社
大正町
西宮長林寺
足利消防署
フミの葬儀をした寺
（墓もある）
足利市役所
法玄寺
家富町
足利デパート
6丁目店（兼自宅）
鑁阿寺
足利デパート
3丁目店
井草町
緑町
栄町
織姫交番前
通3丁目
通1丁目
渡良瀬橋
南町
永楽町
足利駅（両毛駅）
足利市駅（東武駅）
野州山駅
朝倉町

まえがき

わたしは一九七〇年にフランス人と結婚し、パリで無料の日本語新聞オヴニーを発行しつづけています。

一九九三年に『パリで日本語新聞をつくる』（旧草思社）を出版したあと、もしかしたら母の自伝も書けるのではないかと自信過剰の幻想を抱いたのはその二年後くらいでした。でも書いたとしても大正女のせいぜいテレビドラマになるような戦前・戦中・戦後のひとりの女の生き様を描くくらいに終ってしまうのではないかと、自信を失い、あきらめてしまいました。第一、百年前に生まれた母が好きでも嫌いでもない男と見合結婚し、どんな気持ちで暮らしていたのかなど、とても言葉で表現できないのではないかと思ったからでした。

それでもあきらめずに、二十五年以上前にわたしが手がけたことは、戦前、戦後と母のもとで働いてきた十五人ほどの元従業員の方たちに、母とともに分かち合った体験や思い出話を手紙かミニカセットテープに吹き込んで送ってくれるように頼んだことでした。最近テープがみつかったのですが、あまりにも古くなっていたのでCDに変換し聞き直しました。ほとんどの人は亡くなっているのですが、みんなの懐かしい声を聞くことができ、そこに母、小沢フミの姿が浮かび上がってくるのです。

母が還暦を迎えたとき、普通の人のやらないことまでして少女時代を送った思い出を、社員のひとりに語り聞かせて綴った十数枚におよぶ文章がわたしにも送られてきていました。わたしはそれをセピア色になった両親の結婚式の写真などと一緒に戸棚の奥に閉まっておいたままでした。この文章には彼女の子供時代の様子や親子関係などが語られていました。

戦後直後から、書道家である夫の反対を押し切って、五人の子どもを抱えた女が、商売という荒波の航海へと旅立ったのです。戦時中、統制品のかつぎ屋になることもいとわなかった「男まさりの妻」に対して、酒乱という仮面を被り、出る杭を打つように殴りつづけた夫。

現在なら妻にたいする暴力は、青あざや殴打の証拠さえあれば夫を訴えることはできるのですが、どこの国でも夫婦喧嘩はイヌも食わないのが常識であり、一般的です。この家父長という習慣を利用し、荒唐無稽な理由で暴君の夫が支配する家庭は、文化のちがいなどといった理屈には収まりきれない現実となって、どんな時代の、どんな国の女性にも一度は体験させられるものではないでしょうか。夫に殴られれば、離婚という即効薬があるのですが、好きでも嫌いでもない男のもとに見合いで嫁いだ女にとって、「性格の不一致」、「夫の暴力」を理由に子どもたちを連れて家を飛び出し、実家にもどることは難しかったのでしょう。戦中、戦後、社会の動乱期にできるかぎりなんでも、統制品でもかまわずモノを売ることで家族を養わなければならなかったフミは、夫にどう思われようと、殴られようと、商売に生き抜いた足利の「女傑」とまではいえなくても、貪欲に生き抜いたひとりの女でした。

一九九〇年代以降、足利という小さい町の商店は次々に閉店し、シャッターが下りていくのを見送りながら、昭和二十六年（一九五一年）に小沢フミが開いた店「足利デパート」にも幕を下ろすべき時がきていたのです。昔からの小売商店は、スーパーマーケットという消費社会の弱肉強食の威力に押しつぶされて消滅していきます。

そうした社会の流れに逆らうことをあきらめたのも、次女、佐和子と勇介親子でした。皮肉にもフミが築きあげた足利デパートの店仕舞をせざるをえなかったのは、他人ではなく、次女と孫なのです。これで親子三代にわたるストーリーがしめくくられます。

目次・フミ物語

出生、少女時代

フミは、明治四十四年（一九一一年）十一月一日、足利の彦間で生まれた、根っからの足利っ子。フミの母は、彦間（足利市東部）という片田舎の大正寺の娘として、男四人、女四人の八人兄弟姉妹の二女として生まれた。貧乏寺の娘で弱視だったので、嫁にも行かず、三十歳になるまで家事を手伝っていた。父親が住職だったということは、日常のおつとめである読経の調べが、家の中にバックサウンドのように流れていたのだろう。

この時代には結核や肋膜炎、産後の肥立ちが悪くて亡くなる産婦や女性がかなりいたように、フミの母親も、先妻さんが三十一歳で三人目の子どもを産んだあと亡くなり、子どもが三人いる家庭の後妻として嫁いだのだった。六歳を頭に三歳児、生後二カ月の乳飲み子のいる家だった。

縁談の話があったときは、最初は子どもが二人いると聞いて、すこし躊躇《ちゅうちょ》しなくもなかったが、婚期も遅れていたので、わがままをいわずに祖母は嫁いで行った。乳飲み子は結婚式の日に隣の家に預けていたようだった。悔いても後の祭りだった。明くる年、フミが生まれ、結婚一年後に一挙に四人の子どもを抱える母親の生活が始まった。

祖母が嫁いだ家は、種菓子といって最中の皮などの製造業者だった。祖父は、若いときに東京の種菓子製造業者のもとで修業し、足利ではめずしい種菓子製造工場を開いたのだ。フミは、小僧さんや職人のいる工場内で、種菓子用の餅をつく祖母の傍らでミカン箱の中で育った。母親がおんぶして働くことは不便だったのだ。

祖父は、祖母と再婚後一、二年は真面目に働いていたようだが、三年目頃からは妻の欠点やら至らなさが目につきはじめ、けちをつけては不服をいうようになり、ひまがあると、雪輪町の遊郭に行くことをおぼえ、三年間、一日と欠かさず泊まってくるようになっていた。

祖母が思いあまって愚痴をこぼすと、毛髪をつかみ、引きずり回し、蹴るやら殴るやらの暴君ぶりを発揮しての夫婦喧嘩がくり広げられた。まだ二歳半のフミは母親の哀れな姿を目の前にして泣き叫ぶこともできず、毎日が恐ろしくさえ思えるようになっていた。ほとんどといっていいほど、祖母は夫に小言をいわれていた。たまに祖父母の仲のいいときがあると、フミは家の中ではしゃぎ回ったものだった。でもそんなひとときは長くはつづかなかった。

祖父は女道楽と勝負事は休まずしていたようだった。祖父から暴力を受けるたびに、祖母は半月くらい、彦間の実家に帰ってしまい、フミはまだ三歳前だったので、母を恋しがり泣きじゃくったものだ。さすがの祖父も耐えかねて、フミを背負って夜でも自転車で三里の山道づたいに、すばな坂（昔はよく追いはぎが出たという）を通って、お寺の周りを歩いてはフミのすすり泣きをしずめるのだった。毎夜、それが日課のような日々だった。

物心がついたとき、フミはやはり彦間にあるお寺に預けられ、いつもそこから足利の方を見ては、心細く、涙がこぼれて止まらなかった。お寺の庭に葉煙草が植えてあり、フミは、夏の間、そこにあるぶどう棚の下でたらいに入って湯を浴びていた。寺の近所には同年配の遊び友だちもいなかった。夏の間、耳に入るのは住職のお経の声と蝉の鳴き声くらいだった。

自宅に戻ったフミは、五歳のときには、もう今でいうアルバイトをしていたのである。どんなことをしていたかというと、近所のおばさんにお酒の買い出しを頼まれることがあり、その使い走りだった。小さい身体で、二合瓶とか四合瓶を風呂敷に包んでもらい、亀屋という酒屋へ行く。ちょうど酒屋の前に電柱があり、フミは電柱の後ろで体を丸くして酒屋の様子を見つめ、サービスのいい小僧さんの姿が現れるのを待ち、その小僧さんが店頭に出ると、彼の足許で前掛けを引っ張っては、自分が来ていることを知らせた。小僧さんはお酒が瓶に並々とこぼれるまで入れてくれるので、帰ってから、おばさんに「きょうは安かったよ」というと、五厘の駄賃を一銭にしてくれる。子供心にも、うれしくてうれしくて、駄賃を竹の筒に入れては貯金していた。

小学校一年生の頃、両親はフミを一人前として当てにしていた。彼女は普通より小さい体だった。家は一般の家庭と異なり、それは朝起きるときから休むときまでちがっていた。もちろん食事時間もちがう。母親が五時に起きて、米から最中の皮を作るまで一日で仕上げる。朝食も食べず、餅をつき終わるのが十一時を回ってしまうので、朝食は十二時。昼食が夕方六時、夕食が夜十一時頃、風呂が十二時で、休むのはどうしても夜中の一時から一時半だった。それが毎日だった。

学校に行くのにも朝食が用意してないので、いつも商売に使う餅米のふかしたものに生味噌をつけてほおばりながら、近所の八百屋でふかしたものを十銭分買って来て、自分と兄姉四人で間に合わせた。雨が降っても満足な下駄も傘もなく、雨の降る日は学校を休むしかなかった。

子どもには無理な仕事をさせられ、寝不足がつづき、学校は寝に行くような有様だった。授業中は机の上に本を立てて、その後ろで居眠りする。先生の声はちょうど子守唄のように耳の脇を流れていく。フミには「居眠りのフミちゃん」というあだ名がついたくらいだった。休み時間は友だちが皆楽しく遊び回っていても、フミは、教室の周りに立っている一尺くらいの高さのコンクリート塀の陰、昼寝にはもってこいの場所で眠るのがとてもうれしくて、そのために学校に行くかのようだった。学校から帰宅すると、祖母が待っていて、小さい体で米つきを手伝わされる。石臼《いしうす》で米を挽き、米粉にする仕事だった。

そのほかフミの仕事は、最中の皮が焼けて出て来ると、最中のふちからはみ出している耳を小僧さんと一緒にハサミで切り落とすことだった。きれいになった最中の皮を紙に包んで空のリンゴ箱などに詰める。このようにフミは、工場で最中については、いっぱしの小さな親方になっていたのである。

でもフミがどんなに働いても祖母は小遣いをくれることはできなかった。後妻というのは、夫がなかなか信用しないのと、祖母があまりにも辛くなって、実家に逃げ出すので、よけい夫も信用できなかったのかもしれない。祖父は夜休む前に、お金を数え、それを自分の枕の下に隠し、朝起きるとまた数えていた。

そんなわけで祖母には帆待ちするお金（内密の隠し金）もできなかった。祖父も前妻の子どもをフミよりも可愛がり、フミには実母がいるということだけで幸せだと思うのだが、祖父はフミに小遣いをくれるようなことはしなかった。小遣いがなければ学校に行くこともできないので、家の手伝いをしながら、学校帰りは帰宅する前に、子どもにできることを見つけては、小遣い稼ぎのアルバイトのようなことをしていた。

足利は織物の町だったから、お召の夏物を冬物にする作業で、白い生地に色をはけでさす仕事があった。それでも小学二、三年生の頃、学校帰りに近所の工場に寄って、夜八時まで働いた。その仕事がないときには、糸繰りの仕事にも行った。そうでもしなければ、祖母もフミのお金を当てにしているし、家の手伝いだけをしていては、ご飯は食べることはできても、小遣いは一銭ももらえないし、子どもながら普通の子どもとはどこかちがうように思えるようになっていた。そのうえ祖父は先妻の子どもたちばかり可愛がり、祖母に当たり散らす前にフミを叱るのだった。

おとなのする仕事は、フミはいやでも何でもさせられた。自分の体が隠れるほどの薄汚れた粉袋で作った風呂敷に、最中の皮を入れ、それを背負ってお菓子屋に配達しに歩き回ったり、子どもがやるべきことではないのだが、月々の集金にも行かせられた。

小学校時代も欲しいものを親にねだって買ってもらうことはなかった。あべこべにフミが祖母に買ってやっていた。遠足のたびにまず困るのは履き物だった。今まではいていた履き物をみがき粉で洗い、鼻緒をすげ替えに下駄屋に頼みに行き、時間があるときにはその下駄をとの粉で磨いてもらい、新品のように見せて遠足に行ったものだった。

万事、このような具合だったので、小学校は居眠りしながら素通りしたのと同じだから、先生もはたしてフミの顔をよく憶えてはいないのではなかろうか。それなのに落第することもなく、いつの間にか卒業していた。

卒業するとフミは家から逃げ出すように、東京の叔母のところに行って働くことにした。場所は小石川の白山というところで、商売は出雲屋という置屋だった。商売柄、髪はいつも桃割に結い、黒衿《くろえり》のかかった着物を着て、前掛けをかけて、テレビに出てくるような大正時代の待合の女中さんのような格好をしていた。

仕事は、朝八時に起き、休むのは夜中の二時頃だった。フミに与えられた仕事は、午前中は掃除や仕出しの手伝い、または待合などへの料理の配達、夜は夜で出来た料理を座敷まで持って行く仕事だった。

この商売は、堅気の商売とは異なり、身内のものたちからあでもない、こうでもないと嫌みをいわれ、フミは寝床で涙がこぼれるのだった。今の時代とは異なり、言い訳など出来なかったので、何でもはいはいといって働いたおかげで周りの人たちにも「よく働く娘《こ》だ」と褒められた。

一年半くらいしたら、義姉たちが「水商売なんかためにならない」といって祖父に入れ知恵し、彼がフミを迎えに来て足利に連れて戻ったのだった。

フミは、足利で前と同じような生活に戻り、祖父が、女は針仕事くらいできなければ嫁にも行けないといって、足利公園の裏にある農家に縫いものの見習いに行かせられた。

普通の人のように朝から見習いに行ければよいのだが、フミの家が種菓子の製造業だったため、食事の用意も家族を含む二十人くらいいたので、どうしても遅くなり、朝十一時くらいになってしまう。縫いものの見習いに行くとすぐ昼。一分の暇もなく縫いつづけた。お師匠さんがくれる縫いものの下請け部分を縫うので、間を見て自分のも縫いたかった。そのうえ駄賃などは出ずタダ働きだった。

家に帰ると、家の仕事を早くすませ、縫いものにかかるのだが、気むずかしい義兄に文句をいわれながら、音を立てないように縫いものを二時くらいまでする。もっとも自分のしたいことをしたくても、家の仕事がいつも遅くまであるので、休むのは毎晩一時半くらいだった。

そんな娘時代だった。乙女心や恋心を感じるひまなどなく、自分に思春期という時期があったのか、いつごろ少女から大人になったのかもわからず、着物なども長年着ているものだからいつも短く、つんつるてんだった。

十八歳の暮れに見合いなどもせず、祖父が話をつけてきたという町内の穀屋《こくや》、小沢家に嫁ぐことになった。あの頃は見合写真という便利なものもなく、夫になる人はフミより七歳年上で、書道を教える書院まで持っていて、先妻さんが肋膜炎にかかり、結婚一年足らずで亡くなってしまったという人だった。

フミは物心ついた頃から一銭硬貨を竹筒に入れて貯金していたので、十八歳までに七十五円分の硬貨が貯まっていた。当時、米一俵が六円くらいで買えた。こんな生活をしていたが、だからといって実家が別に困っていたわけではなかった。職人肌の父親は金ぶちメガネをかけ、子どもや妻にはけちだったが、地元に寄付なんかよくしていたようで、自分の郷里には火の見櫓や学校の校門なども寄付しないと気がすまないという見栄っ張りな面があった。

他人には気前のいい祖父だったが、フミには嫁入り道具を買ってやったのだから、今まで働いて稼いだ金は全部おいていけといわれたのには、フミは呆然とし、驚きの声も出なかった。

祖父は、娘のいうことにも、ましてや妻にも耳を貸さない怖い父親だった。まるで親娘の対話などなかったのである。フミの義姉たちも一枚の着物を祝ってくれるどころか、帯一本こしらえてくれなかった。嫁ぐ前夜、義姉たちが口々に、自分の箪笥は一棹《ひとさお》なのにフミは二棹だといって愚痴をこぼすので、祖父は祖母に、何かいっただろうと勘ぐってはフミを叱るのだった。

明日にせまった婚礼なのに、祖父は義姉たちの髪の心配もし、髪結さんを探しまわる騒ぎだった。式場に飾るお花を活けてくれる人に、フミ自身が頼みに行ったり、引き出物のお金の心配まで彼女自身がしなければならなかった。祖父がお金を取り上げてしまったので、だれかに祝ってもらった品物を、近所の店で買い求めたのがわかると、それと交換に他のものに換えてもらったりした。祖母には一銭の蓄えもない始末だったから、襦袢の衿一枚も娘の結婚式に買ってやることもできなかった。

フミが生家にいとまを告げるときに祖父が三円ぽっちの結婚祝いを出したので、仲人さんがそれはひどいといって、祖父はしぶしぶ五円を祝儀袋に包んでくれた。そんな結婚式の苦い思い出が、祖父とフミとのつながりの中に尖った小石となって残っているのだった。

そんなわけだから、繻子織《しゆすお》りの金波《きんぱ》という初めて作ってもらった着物に、小沢家の家紋を入れてもらった。その他、祖父はフミにお召を一枚、銘仙《めいせん》を一、二枚作ってくれただけだった。

箪笥があまりにも軽いので、祖母が嫁いだときに持ってきた着物と、義姉が嫁に行ったあと質に入れてあった着物を祖父が出質《でしち》してきてそれを一時借りて、それらの着物を入れて箪笥を埋めたのだった。

小沢家の姑は、フミがどんな着物を持ってきたのか、箪笥の中を一目見てびっくりしたようだった。そして借りたものは早く返せと祖父にいわれ、二日後には全て返したのだった。

フミが嫁いだのは昭和五年のことだった。新郎の家の家業は穀屋なので、明日からでも嫁の手が必要だったのだ。新郎の家で式を挙げ、その日まで直接に新郎の顔も見ず、声も聞いたこともなく、花嫁衣装の角隠し《つのかく》は深々と目まで被い、それでも先祖が佐渡から来た下級武士だったからか、中肉中背の新郎の、端正な品のいい顔つきの横顔の一部がのぞかれたくらいだった。

こんな結婚式をして小沢家に嫁いだのだが、三度の食事も満足に食べられるし、休むのも人並みに寝られるだけでも、フミは生き甲斐を感じずにはいられなかった。それは、フミが送った過酷な子供時代と暴君の父親からの解放感だったのかもしれない。

フミは十八歳まで人並みの生活もしていなかったので、嫁に来て別世界に来たようだった。あまりにもすべてが楽なのだ。こんなことだったのなら、一日も無駄に暮らさずに、将来は足利一の商人になろうと仏様に誓ったのだった。ここから、フミの宿命ともいえる人生の第一歩がはじまるのだった。

結婚後

昭和五年七月二十三日、フミは一九歳で結婚した。フミと新郎の十九一（明治三八年一月十一日生まれ）とは性格があまりにもちがいすぎたし、育ちもちがっていた。

小沢家とフミの実家とはいくらも離れていない。乗り物も必要なく、結婚式の日、実家から見送る人、嫁ぎ先から出迎えに来る人たちとが提灯を持って途中で出会う場面は、なかなか賑やかだった。路地に立ち並ぶ隣人たちの口から「べっぴんさんだね、足利小町だね」という花嫁、フミへのはなむけの囁き声が聞かれた。

フミも夫となる人はどんな人なのか想像もつかず、フミが嫁ぐ穀屋で米を買ってやるから、嫁に行けという祖父のいうなりになったようだった。

フミには先のことなどを考える余裕も才覚もなかった。見合結婚というものは、常にこういうものなのかと胸のなかに不安感の入り込む余地もなかった。結婚生活に失敗したら、離婚というやり直しを考える自由というのも、この当時には世間ではあまり耳にしなかったし、それを実行している夫婦は稀だったのでは

昭和 5 年 7 月 23 日。フミが 19 歳の時の結婚式写真。

ないだろうか。

離婚または夫と死別したあと、子どもを連れて生家に戻って来る女性を「出戻り娘」とよくいったものだ。今日では死語になった「出戻り娘」という、かつての刻印を押された女性は運が良ければ、やはり子どものいる男性と再婚することも考えられよう。これが今日でいう「複合家族」である。日本では結婚とは男女の結婚というよりも、今でも家と家の結合という意味合いが強いのではなかろうか。

小沢家は穀屋を営んでいたから、祖父は、娘が嫁に行けば、米が幾分安く買えると思ったのだろう。政略結婚などではなく、計算づくでフミを嫁に出したとしか思えないのである。娘に、すこし相手と知り合ってからとか、すこし考えさせてほしいなんていわせなかった。まるでフミは、ヘビに呑まれた小さいカエルだった。


驚くこともないのだが、結婚翌日になっても、十九一はフミと一緒に食事をとらず、座敷で母親とふたりでお膳につくのだった。実家では毎日の食事を小僧さんや職人たちと一緒にとっていたので、夫と嫁が一緒に同じお膳につかないのは、封建時代からの風習なのかと思い、フミは不思議にも思わなかった。

三日目からフミは、もんぺをはき、絣の上着を着て、玄米を精米にするため米つき場に入って行った。手拭いを被り、膝下までくる前掛けをかけ、穀粒と穀をふるい分ける万石《まんごく》というふるい状の選別機に入れて玄米ともみを選別する。慣れてくると、小さい体でも大男に負けないくらいやすやすとできるようになり、それもコツ次第で、四俵の米俵を手玉にとれるまでになった。

当時、夫は粋な袴をはいて小袋を下げて、書道の先生として子どもたちに書道を教えに行くのである。このような日常を送る十九一は、穀屋の仕事を小僧さんに任せっきりで、したことがないのではないかと思わざるをえなかった。この穀屋の店先で十九一が立ちふるまう姿など、どうしても思い浮かばないのだ。たとえば細い筆を手にする彼の、ほっそりした指先からは米俵を担ぐことなど想像できなかったからだ。

一九三〇年七月に結婚し、翌一九三一年九月に満州事変が始まった。

穀屋は夕方がとくに忙しくなる。その忙しいなかを夫は書道を教えに出かける。米つき場は、昼間は電気が来るのだが、一般家庭で電気を使い出すと電力不足で、ときには精米機はまごまごしていると途中で止まってしまう。ベルトを外し、手でプール（丸い枠）を廻し、四俵の米をタンクから出さなくてはならない。そんなときは番当さんと十五、六歳の小僧さん（ちょっと見たところ七、八歳くらいの体だった）が手伝うのだ。ところが、十九一の兄が営んでいた石炭屋に石炭を取りに行かせたりすると、小僧さんは自分の家が近いので、待てど暮らせど戻って来ない。米はタンクから出さないで一日おいておくと、冷めて減少するので、四俵の米も三升から四升分くらい減ってしまうのである。何が何でもその日のうちに仕上げなければならないのだ。米がつき上がればタンクから出さなくてはならないし、配達もしなければならない。米俵を小僧さんに背負わせて配達させたり、重すぎるときはリヤカーで配達させなければならなかった。そんなときは、フミはやきもきするのだった。

そんなことをしているうちに、穀屋だけでは商いもだんだん先細りになるというので、薪炭や油、石けんなども店に置くようにした。

雑貨屋にはそれなりに苦労があった。

結婚三年目に二人目の子どもができた。自分で食事をするときにも乳児が泣くので自分の背中に結わえつけて食べるほかない。昼間は店と米ひき場も忙しく、温かいご飯にはありつけず、いつも焦げつき飯だった。ご飯を食べているときもお客が見えるので赤子に乳をやりながら、お客の相手をしているうちに他の子どもも泣き出す。毎日の洗濯はいうまでもなく、子どもの頭を剃るのもフミで、小僧さんたちの頭まで刈るので夜なべ仕事になった。

結婚して三年しても、十九一はフミと一緒に食事をとらず、母親と一緒に食べている。この時代にマザコンという言葉はなく、そのようなタイプの母親がいたとしたら、子ども思いのこまめな面倒見のいい母親を意味していたのだろう。

一緒に食事をし、同じものを噛んだり飲んだりすることは、会話することがなくても舌で味わいながら相手とコミュニケートできる原初的交流手段ではないだろうか。フミは結婚式翌日から、新郎を知る上でも不可欠だった、この所作をし、相手の表情をうかがうことも許されなかったのである。結婚生活初日から、新郎と知り合えるこの食事のひとときが与えられなかったのである。

フミは結婚式翌日から、昔ながらの土間にあるかまどでご飯を炊き、小僧さんたちと板の間で盛りつけご飯を食べなければならなかった。夏場はいいのだが、冬は座布団も敷かず辛かった。電灯も店にひとつ、奥にひとつだからどんなに薄暗い中で暮らしていたか想像できよう。

姑はおそらく、学校教育もろくに受けていない嫁に話しかける話題もなく、ひなたぼっこしながら編みものや縫いものをしている上品なお姑さんだった。たぶんフミを嫁でなく女中代わりに扱っていたのだろう。

長男、長女、次女と、ほとんど二、三年ごとに出産し三人産んだあと、次男を産んだ。その頃だったか、近所に住んでいたおばさんが十五歳になったばかりの娘、まあちゃんを店に連れて来た。数カ月前から太田の機織工場で働いていたという。大正時代の女工哀史に出てくるような工場に住込みで働いていたのだ。女工たちは皆胸をやられて苦しんでいたので夜も眠れない。まあちゃんもそうで、夜中、風呂敷包みを背負って、太田から歩いて帰って来たという。子守でも家事でも何でもやるから雇ってもらえないかというので、フミは「今日からでもいいよ」といってやった。

このまあちゃんは十五歳から定年までフミの片腕となって戦前、戦後の日常生活をフミと生き抜き、フミ亡きあとも八十歳になるまで働いたのだった。まあちゃんは戦地から帰還してきた男性と一九五〇年代に結婚し、ふたりの娘を持ち、娘たちは彼女の母親に面倒をみてもらい、フミとともに働きとおしたのだった。

同じ時期に、堺町で親が八百屋をしていたヨっちゃんの家が火災に遭い、家族が離散したというので、フミは当時九歳だったヨっちゃんを引き取り、家から学校に通わせた。学校から帰って来ると、裏のはり場と呼んでいた空き地で、近所の子どもたちと、ビー玉やメンコ遊びをするときも、赤ん坊をおんぶして、おむつが濡れていてもかまわず遊んでいた。ヨっちゃんはその頃から子守兼小僧さんとして住込みで入ってもらった。

店に来る客たちが皆、「おかみさんはいるかい?」といって入って来るたびに、十九一は夫としての面子をつぶされたと思うのか、フミへの腹いせに大酒を呑んでは酒乱になり、フミを殴るのだった。そのたびに「助けてー」といって隣の、当時紳士服の縫製をしていたフジタさんの家に逃げ込んで行った。寒いときでなければ、家の軒下の縁側で眠り込むこともあった。

このような夫婦喧嘩はたびたびで、顔に青あざを残したまま客の相手をするときには、「ちょっと転んで……」といってはごまかしていた。フミは穀屋の嫁として、夫に刃向かうわけにもいかず、こんなとき祖母はこれ以上我慢出来ず、実家に帰ってしまったのだが、フミにはその真似はできなかった。

酒乱とは、普段は気のやさしい、もの静かな人が、酒を飲むと攻撃的になり、暴力をふるい、どうしてそうなるのかも意識せず、酒乱に豹変するといわれており、酒乱遺伝子というものがあるようで、それからくる体質らしい。今日の職場仲間のなかにも酒を飲むと酒乱になる同僚がいると、周りの人は座を外し、離れていく場合が多いのではなかろうか。

十九一も、酒を飲まないときは温和で、礼儀正しく、世間では品のいい書道の先生としてとおっている。酒を飲むと酒乱に豹変する男に嫁いだことは、フミに課された宿命として受け入れるほかなかったのか。しかし何ら自分の気持ちもいえない家父長色の強い家庭で暴君の祖父が支配し、祖母の存在も無視されていた家庭環境で十八歳になるまで暮らしていたフミには、結婚について考える知恵も、知識もなかった。

この頃の見合結婚とは、新郎となる男性と付き合うこともなく自分に与えられた、行く先が闇であっても宿命と思って、一生を伴にする男性のもとに嫁いでいくことだったのか。それは女にとって人生の賭以外の何ものでもなかった。

それだけでなく、フミは隣人のこそこそ話から、夫にはお妾《めかけ》さんがいるということを察したのだ。フミはろくに学校教育も受けておらず、読み書きも満足にできず、三味線や謡も知らない無知な女として、十九一はフミを見下し、近在の旦那衆のように、ひとりくらい妾をもつのは普通と思っていたのかもしれない。フミは悶々とし、幾夜も眠れないときなどは、子どもたちの寝顔を見ては気を落ちつけるほかなかった。そしてその鬱憤《うっぷん》を仕事に打ち込むことで癒《いや》すほかなかったのだ。

太平洋戦争が始まる前の十月末の肌寒い夜だった。子ども四人を寝かしつけたあと、フミは着の身着のまま家を飛び出し、自転車に乗って駅に向かった。東武駅に着いたときには浅草行きの終電車は出たあとだったので、両毛駅に向かった。自転車は駅前広場に置き、だれかに盗られてもかまわなかった。しかし十一時半頃、最終電車も出たあとだった。駅にはひとっ子ひとりおらず、待合室の隅のベンチにうずくまった。そのとき、「おかみさん！」と叫ぶ声が飛んできた。髪をふり乱して自転車で駆けつけてきたのは、まあちゃんだった。

「迎えに来ました。家に戻りましょう！」

まあちゃんは涙ぐんで何度もくり返して嘆願するのだが、フミは、

「明日一番の電車で東京に行って、料理屋を開いて東京で一旗あげるから」

といって、自分のしていることの理由をいった。ここで夫の暴力を理由にしたところで、夫婦喧嘩をぐちることになり、何の意味もなさないのはわかっていた。

「家で待っている四人の子どものためにも帰ってください！」

と、まあちゃんは強く懇願するので、フミは自分の将来の夢に後ろ髪を引かれるように、しぶしぶとまあちゃんと自転車をころがしながら家に戻ったのだが、気持ちはすっきりしていた。自分でも意外な行動をしたあとの解放感だった。家に着いたのは午前二時頃だった。このとき、フミは三十一歳、まあちゃんは十七歳だった。

翌日から、前と変わらずフミとまあちゃんは仕事に打ち込んだ。だいぶあとになって、まあちゃんはこの晩のことを思い出しては、「あのときおかみさんを引き止めたのはほんとうに良かったのだろうか、人間として、女性として幸福だったのかしら」と、自分に問いかけることがあり、子どもたちのために、これで良かったのだと、心に言い聞かせていたという。

フミは三十一歳で五人の子どもを産み上げた。その間に二人くらい、当時は間引きといっていたが、近所の産婆さんに頼んで堕《おろ》したので合わせて七人の子を身《み》籠《ご》もったことになる。中絶したあと、リヤカーに乗せてもらって、他の子どもと一緒に家路についたことを、幼かった次女の記憶には残っているようだ。もちろん子どもたちには「お母さんはお腹が痛かったんだよ」といってごまかすほかなかった。十九一はそんなことなど関知せずといった様子だった。

当時、フミにとって、彼女が生まれて初めて知った男との性とは何だったのか言葉で言い表すことはむずかしい。なぜかというと、家族を養うために商売の鬼と化して、一日を終えて横になる妻に声をかけることも、顔を見つめることもせず、性欲を満たしていた夫は何者だったのか、夫が死んだ後も理解できないままなのだ。

三度の食事を夫婦で向き合って食べるのが、一番男女、夫婦が親密さを分かち合えるひとときなのだが、十年以上つづいている夫婦生活のなかで、ふたりの睦まじい食事時間というものがあったとは思えないのである。それでも夫婦の情愛が生まれるとしたらどういう夫婦関係の中で生まれ育つのだろうか。夫への憎しみ、憎悪がなければ、夫婦の日常的ななれあいのことなのか。

夕方から夜半にかけて酒を飲むと、眼をつり上げ、三角にして怒鳴る夫の酒乱の姿に悩まされるのが夜の生活だったのか。彼には酒乱になって妻にぶちまける何かがあったにちがいない。書道の師匠を夫に持ち、いともやさしく家事にいそしむ妻を欲していたのかもしれない。しかしフミの世代が送っていた時代は、そういうのんびりした家庭生活を送ることは不可能だった。戦争や食糧不足のなかで無智無学の妻、母親として子どもを産み育て、生きるための潜在的生命力を出しきるほかなかったのである。

末娘は一歳になる前で、十九一とフミは戦時中とても五人の子どもを養っていくのは無理だったので、東京で魚河岸屋をしている遠い親戚に養女としてもらってもらおうとも考えた。そうこうしているうちに店の仕事が忙しく、結局、末娘は、自宅で機織仕事をしていたまあちゃんの母親に子守を頼み、母乳は近所の子持ちの女性に分けてもらい、朝、ヨっちゃんがおぶって連れて行っては夜迎えに行く毎日だった。末娘の三歳頃の記憶に刻まれたそのような思い出が七十年後、脳裡のひだの奥底に残っているのである。

フミはいろいろな商売をやった。穀屋から雑貨屋にし、石けんや、わずかだったが髪油から食油なども扱い、またきわものとして盆提灯から盆ござや盆花までお盆に必要なものすべてを扱った。慣れないので売れ残りがたまると、それらをリヤカーに載せて月遅れの村の盆市へ夕方四時頃出かける。まあちゃんと店にいた小僧さんひとりを連れて、長男はあまり泣き虫なので連れて行けず、次男と末娘を茶箱の中に入れて連れて行く。露天商の盆市では材木屋の軒下を借り、子どもたちは茶箱の中で遊ばせ、疲れるとその中で寝てしまう。一番最高潮のときは夜九時頃からはじまる。大きな声で「いらっしゃい、いらっしゃい。明日はお盆ですよ！」と甲高い声でバナナの叩き売りのようになる。

三年間盆市に出て商いをした。帰りに荷が軽くなるように叩き売りばかりしていたので、損をしていた。それればかりでなく、戦時中、警報が鳴るたびにリヤカーに子どもたちを乗せ、太田近くの防空壕に逃げて行くのだが、その帰り道の田んぼにスイカやカボチャが転がっていると、一個失敬させてもらうこともあった。でもこの食糧難のときに、農家でスイカを買い集めてリヤカーに山と積んで仕入れ、店で売ることもできるという知恵が働き、翌日スイカを買いに行った。このときは店にあった商品を農家に持って行き、スイカと物々交換した。

盆市も四年目には何とか損をしない程度になったが、あるときは土砂降りになり、周りの人たちがシートを張るのを手伝ってくれた。当時は電気ではなくガス灯だったから、忙しくなってくると、みかん箱の中で寝させておいた子どもも泣き出し、客が少なくなった頃、急いで売れ残ったものをかたづけて、軽くなった荷物をリヤカーに積み、眠いのも忘れ、家路につくのだった。家に帰るのは朝方四時頃だった。家に帰っても音を立てないで風呂を浴びるのだが、夫は目を覚ますや怒鳴り散らし、フミたちに「疲れたろう」ともいわずに、あべこべに帰りが遅すぎるといって怒鳴るか、または知らんふりをして寝ている。

いろいろな商売のなかで、十九一も興味を持っていた釣具店もした。はじめは小規模でやったのだが、だんだん慣れてくると、卸してくれという人も出てきて、末娘を背負いながら、東京は川口の方面まで仕入れに行った。そして浅草にも釣具を仕入れに行ったのである。竿だけでは商売は成り立たないので、餌も作って売った。

ウジは、魚屋からあらをもらい集め、四斗樽に入れて天火にさらして作るのである。その臭いが何ともいえない吐き気を催させる悪臭なので、近所から苦情が出たこともあり、今でも思い出すだけで胸が悪くなるほど。メメズは、牛馬の糞を掘ってきて泥鉢に入れ、さかずき一杯、ウジも一杯五銭で売れた。釣りにかけては何でもそろえて売らないと客が来ないのだった。

そうしているうちに太平洋戦争がはじまり、日本も景気が良くなり、今日はどこそこを占領、明日はどこを占領？　と、国民は戦線の状況を国際試合でも追うようにして興奮し、沸き立っていた。

こういうときに市民が欲しがっていたのは紅白の提灯だった。それを小僧さんに佐野まで自転車で買いにやると、一回に二百個くらい仕入れてくるのだが、すぐに売れ切れてしまった。提灯を吊るす竹は、西宮長林寺の裏山に実家の祖父に採りに行ってもらった。提灯を竹に吊るすと、列をつくって待っている客に飛ぶように売れてしまった。

いろいろやっているうちに戦争はたけなわになり、小僧さんたちは召集され、トウドンとマツドンの二人が戦死してしまった。

これでは雑貨屋も荒物屋もできなくなるので、何とか女手でできる商売をしたいと思っていた頃、雪輪町の商店の若旦那がコールテンのズボンを百着持って来たので、こちらは素人だが、買っておけば商売になると思い、店の前に縁台を出してズボンを積み上げたが、一点も売れなかった。そこで人に頼んで、自転車で持ち歩いてもらい戸別販売も試したが、なかなか売れない。ズボンは黒と茶色だったが、黒は色がおちるという話を聞いて、どういうところへ持って行けば損をせずに売れるのかと思い悩んだのである。

いろいろな人に聞いたら、交換会がいいという。足利にもあったそうだが太田の交換会のほうが大きいと聞いたので、思いきって行ってみたら、皆玄人たちで商店主の旦那衆ばかりだった。

　ズボンを出したら、仕入れ値の半額しか値がつかない。ズボンを出すたびに、「足利の美人商人《あきんど》」と皆におだてられ、二十円にまで下げた。でも出しても出しても値がつかないので、すべて半値で売りさばいてしまった。ズボンもそうだったが、漁師の合羽もそのとおりだった。素人のフミが損をしながら、思いきった値で買うので、周りの旦那衆は呆気にとられて見ていた。

　そのうちに伊勢崎の田島さんという既製服屋の主人が、フミの度胸に惚れたといって、彼の品物を彼女に任せるといってくれた。売上勘定でいいというので、彼女はよろこんで引き受けた。もっとも店で売るより、交換会で売るほうが高く売れたので、世話がなかったのだろう。

　長くやっている業者は皆同じ考えだったようだ。フミのような女の子はぐずぐずしているので、そのうち物価高のなかで、値がどんどん上がっていく。玄人は焦るので高く売ったつもりでも、あとあと値が上がるので損をしている。その買った品物はすぐに帰りがけに農協に持って行って買ってもらった。組合も引き取ってくれなかった品物は店で売ったのだった。四十年たっても、当時の組合長がたまに店に来てくれた。

当時は衣料品にも統制があったから、しようがなく裏でヤミ商売をするほかなかった。この頃、中学生だった長女、直子はヤミ商品の仕入れにも連れて行った。券を使って物を配給する統制時期には、点数で物が得られるので、祖母の郷里、彦間まで行って農家の人の券を集め、それを商売に利用したりした。

太平洋戦争も敗戦近くなると、食糧難はさらにひどくなり、それでも市民は「戦争に勝つため」という掛け声で生きながらえていたのだった。

フミが交換会でヤミ商品を買いつけて来るたびに、十九一は、酒乱になっては「統制品など買ってきて家の恥だ！」と叫びながら、風呂の薪代わりに、毛織物であれ地下足袋であれ、風呂釜に突っ込んで燃やしてしまうのである。火傷しても品物ほしさにフミは夫の腕にかじりつき、燃やすのを止めさせようとした。そのうえ酒乱状態の夫は火のついている品物を投げつけるので、フミは家の中を逃げ回った。この場面はとても子どもたちには見せられるものではなかった。その場に立ち合ったのは、長女の直子だった。このときばかりは、中学生だった彼女にとっても、後々まで父親の憎むべき姿として脳裡に残ったようだった。

フミが統制品を扱うというので、十九一は毛筆で書いた離縁状を叩き付けたのである。そんなことが何回かあり、近所の人に仲裁に入ってもらっていた。フミはそのたびに謝るのだった。でも、現実を見ずに離縁状をそう簡単に叩き付けられても、フミにはぴんとこなかった。なぜなら五人の子どもを抱えて、毎日が食べれるかどうかの戦場だったからだ。

その当時、十九一は北陸製紙のファイバー製トランクを各地に卸しに行っていた。朝出かけて行って帰るのは夜。夫婦で別々の仕事をしていたわけだ。店には二人の雇い人がいた。フミたちは忙しくなると時間もかまわず働いていたので、奥の部屋から「早く閉めろ！」と、夫の怒鳴り声が飛んでくるのだった。

敗戦近くになると、食糧難、生活苦もさらにひどくなり、「戦争に勝つため」

の一言で人びとは耐え忍んでいたこの時代、フミは食糧を探し歩き、子どもたちを連れて防空壕への避難をくり返しているなかでも、芸術家きどりの十九一は、戦争が引き起こしている変動にも無頓着でいられた。彼がしていることといえば、隣組組合長になって地域活動にしぶしぶ関わっていたことだったが、自宅で町内会の宴会を開いては飲み食いを楽しむほうだった。

ついに統制に引っかかった。交換会で仕入れてきてもその都度、家宅捜索が入るので、取調べを受けるため、フミはもんぺ姿で普段着のまま子どもを背負っていやなところへ行かざるをえなかった。ときどき太田の警察からも呼ばれた。そのときの取調警官の、ヤミ商売をする田舎女に向ける見下げるような、いやらしさのこもった眼差しにも、フミは慣れっ子になっていた。でもどうしてすぐに釈放になったかというと、手持ちの札束を取調警官に机の下から手渡していたからだった。遠方では水戸の先の那珂湊にも取調べのために呼ばれた。まあちゃんも子どもを背負って行ってくれた。最後には東京の警視庁にまで行ったのである。それでも敷居の高い警視庁にはちゃんと銘仙の着物を着て行った。そしてフミはわざと貧相な顔をして、戦中の苦難に打ちひしがれた表情を見せたのである。

もちろん家の中も家宅捜索された。家の中といっても、どこに隠しておくかというと、ネズミが出てきそうな台所の床下に商品を締め付けて隠すほかなかった。まず夫に見つけられないためと、警察官が床板まで剥がして調べないだろうと思ったからだ。そのときのフミは覚悟もできていたので、どうにでもなれという気持ちだった。十九一は「ざまあみろ」といった横柄な態度を示すだけだった。


軍需工場のあった太田市を襲った米軍爆撃機の爆音を身近に感じながら終戦を迎え、昭和二十二年（一九四七年）、フミは小沢洋品店を開くことにした。もちろん十九一は反対だった。どんなに反対されても、石にかじりついても、フミはこのチャンスを逃したくなかった。しかし開店しても客が来ないのだ。そこで、隣人たちにサクラになってもらって店内をうろうろしてもらったのだった。

最初は陳列するものがなく、前のお茶屋さんで茶箱を何箱も買って並べ、その上に風呂敷を被せて、周りに紅白の幕を張ってありったけの品物を並べた。戦後なので何でも品物があれば面白いほど飛ぶように売れた。なかでもアメリカ軍の放出物資である男の丸首が百枚、その日のうちに全部売れてしまったのである。人並みに働いていたのでは食べていくこともできないのだ。

その翌年の昭和二十三年(一九四八年)六月、足利から桐生にかけて強雨が襲い、未曾有の大洪水に見舞われた。渡良瀬川が氾濫し、大人の腰まで水に浸かる大洪水だった。道路は一メートルくらいの深さの濁流が押し寄せている。民家はすべて浸水し、てんやわんやの危機状態に陥ったのである。自宅の居間の畳も水浸しになり、子どもたちは二階に追いやるほかなかった。フミの店の商品もすべてが水に浸かり売り物にならなくなる大騒動のなかで、まあちゃんとヨっちゃんとで商品を棚の上に積み上げる作業に追われたのである。この日、十九一の姿は見えなかった。おそらくお妾《めかけ》さんの家の二階から、この大洪水の模様を眺めていたのだろう。

台風一過、二日後から、隣人たちも水浸しになった畳を次々に外に立てかけて、町内は畳の張り替え職人の出番だった。

足利デパートが生まれるまで

足利の町は、現在の三丁目のスクランブル交差点のあるところより西側は足利銀行（当時の本店）までしか客足が伸びない。そこで、それより西よりの通四丁目や五丁目まで客足を引くために、戦後のモダンな町づくりのためのマーケットを作ろうと、商店主たちが集まり相談し合った。当時あった質屋さんから空き地を借りて、十軒くらいのテナントの入れる建物を建て、中央に通路を作り、両脇に商店を並べることにした。その前方部分の半分のスペースを小沢洋品店が借りて出店することにしたのである。

結果、後ろのほうの店は隠れてしまい、次つぎに引き上げていき、小沢洋品店が全スペースを使うことになった。これが足利デパートが生まれたいきさつである。

しかし、そこまでこぎつけるのは並大抵のことではなかった。フミは毎日のように、商店主たちとの話し合いをつづけていた。こんな中で、小沢洋品店の社長でもある十九一は反対の一点張りだった。フミが将来の企画について語っても耳を貸そうとしなかった。商人の血を受け継いでいない、高貴な書家であると自認する夫には、明日から商人になれといっても無理だったのかもしれない。

結局、フミの一存で店舗を全部借りることにし、裏の質屋さんの倉庫も借りて、そこを倉庫と事務室、風呂場、住込み部屋、長男夫婦の部屋と、次つぎに増築していった。

長男夫婦が最初の子どもを持ったとき、ふたりが店に出ているときなど、赤ちゃんが泣いているのがわかるように、ベビーベッドの中にマイクを入れて、泣き声が下まで聞こえるようにした。今考えると、このアイデアはすこし酷だったかなと思わざるをえない。商人の家に生まれるということは、親が子どもの面倒をみてやれないという弱点がつきまとうのである。

さらに店内の模様替えのため職人が二年間入って、フミの考え出すアイデアにしたがって、年中、釘打ちやノコギリを引く音が絶えないのだった。

それから四、五年後に足利郵便局が火事になり、類焼を受けたため店を取り壊し、二度目の改装計画が生まれた。このときも社長は反対し、長男も他の場所に出店したほうがいいとか、家の中で二対一の意見が対立した。でも両毛一の店にしたいというフミの熱意のほうが強かった。

最終的に、三階建ての新店舗にすることに決まった。このとき、転んでもただで起きないフミの性格からか、類焼で水をかぶった商品を半値で売りさばくキャンペーンを利用し、倉庫に眠っていた在庫も一緒に並べて売りさばいてしまった。

当時、足利で一番大きい建設会社、小川建設にフミは毎日足を運び、打ち合わ

1951 年 4 月、足利デパート開店。従業員と。

せに行った。今では高層ビルなど当たり前だが、地方の町では、三階まで、どれほどの客が足を運んでくれるかということが一番の問題だった。二階まで行く階段の取り方にすごく工夫をこらさねばならなかった。一階の奥を中地下にし、二階は子供服と婦人服、三階は次女佐和子が取りしきる生地売場と洋裁部にした。店の入口に円筒型のウインドーを設置し、お客が自然に左右両サイドから入ったら、目の前に華やかな陳列商品が眼を奪う店内が広がるようにした。

フミは毎日自転車で工事現場を見に行った。夕方帰宅後、夫にすこしずつ進んでいる工事のことを熱っぽく報告するのだが、どこまでも出店することに反対だった夫は、店の将来性を信じることができず気難しくなる一方で、言い合いがつづいた。そこに酒が入ると酒乱になり話が通じなくなるから、フミは適当にあしらっておくしかなかった。しかし工事はどんどん進んでいき、出来上がった店の名は「足利デパート」だった。この頃（一九五一年四月）まだ足利人にはデパートは「デバート」と呼ばれていたのだろう。

いよいよ開店祝いの日、従業員一同、女性社員には白い割烹着を支給し、裏方の世話やお祝いに来てくれたお客様の接待をしたり、紅白の切り餅を看板の前から投げたりし、今ではあまり見られなくなってしまった、チンドン屋の賑やかなチンチンドンドンの鳴りもの入りの開店祝いを行った。

さらに空いている場所に丸太で作った即席の舞台を作り、下着の問屋が提供してくれたランジェリー商品のファッションショーまでくり広げた。専門のモデルさんたち数人が東京から来てくれたのである。店内には当時の流行歌『東京ブギウギ』や『お富さん』などのレコードとインフォメーションが流れ、東京の商店に負けない一流の店内に皆目を見張ったものだった。

開店してから店はまったく順調で、いざなぎ景気、神武景気の日本だったから、一九六四年の東京オリンピック開催も決まり、店はどんどん発展していった。大売出しのときなどは、チラシや新聞広告などのほかに、ダットサンの宣伝カーを町の隅ずみまで走らせた。中古のダットサンを長男、裕一が運転し、仕入れ係のフサちゃんがマイクを握り、セッちゃんがレコード係だった。そのとき、いかにしてレコードが揺れずに針が飛ばないようにするかが問題になり、フミのアイデアで、プレーヤーの皿の隅にスプリングをつけることにしたら、うまくいったのである。でもエンジンが止まりやすく、やかんに水を入れて持って行き、前に回って金棒でエンジンをぐるぐる回さなければならない。当時、宣伝カーはめずらしく、松田（現・松田町）、名草（足利市北部の町）など遠くまで回ってもらった。レコードは七十八回転の『東京ブギウギ』や『お富さん』の唄を流したのだった。宣伝カーとして車を使わないときは、各学校の先生たちのための外商に出かけ、注文を取れるので、この車はフルに活躍してくれた。

夏前にはもっと大きなトラックを使って、本物のカヤを吊ってその中で浴衣姿のフミがうちわを扇ぎながら孫を寝かしつけている場面を演出したり、四月の新学期前には、男性社員三人にランドセルを背負った新入生の仮装をしてもらい、宣伝カーのあとから歩いてもらったりもした。これら街頭宣伝イベントは、小さい町ならではのお祭り気分を沸き立たせるのに充分だった。

人出が多い七夕祭のときなどは、大きなくす玉と、腕が動く浴衣姿の人形を束京の職人に作ってもらい展示した。店の上部壁面で左右に移動する人形の仕掛けは、十四歳のとき鹿沼から来た村田くんに手回しのハンドルを回しつづけてもらうなど思い切ったこともした。

また、店頭には、金魚釣りの大道芸人にも来てもらい、足利デパートが子どもも楽しめる場となるようにした。客たちは七夕気分に酔いながら、自然に足が店内に引き込まれていくのだった。またクリスマスの売出し時期には、小さなケーキを数百個注文し、三千円以上買った客にプレゼントし、否が応でも子どもも喜ぶクリスマス気分を盛り上げたのだ。

それだけではない、一九五〇年代後半、美空ひばりが「少女歌手」から国民歌手になりはじめていた時期、フミは美空ひばりのエージェントに二百万円払って、月見ヶ丘高校の体育館でのコンサートをオーガナイズしたのだ。十人ほどの演奏家も招いた。

その二カ月前から店で三千円以上買った客にその入場券をサービスした。これはたまらない、テレビもあまり普及してなかった時代に、これから国民歌手になろうとしていた美空ひばりを実際に聞きに行けるのだ。午後、夜の回と、会場ははち切れんばかりの大入り満員になった。フミには興行師の才能があったのかもしれないのだ。

もうひとつのイベントとして、従業員もあっけにとられたのは、鑁阿寺《ばんなじ》の大日様のお祭にサーカスが来たときだった。このお寺は、真言宗大日派の本山で、もともと足利氏の氏寺であり、本堂は国宝に指定されている。フミはサーカス団の団長に会いに行き、警察の許可ももらってあるからといって、像を一頭、像使いとともに半日貸してくれないかと交渉に行った。像に背負わせる大売出しの看板を看板屋に用意させ、それを像に背負わせて中心街を歩いてもらったのだ。歩道に群がった老弱男女は、街全体がサーカス会場になったと早合点したはずだ。

怖いもの知らずもここまでくると、従業員たちでさえ、フミのとっぴすぎるアイデアに振り回されていたといっていいだろう。こうした常人離れしたことをやってのけるフミの行動を黙視しながらも、十九一は「まったく、フミのやつは……」とため息をつくばかりだった。

店員募集

部長として入ってもらった大谷さんは、館林のS洋品店の卸部で働いていて、よく店に出入りしていた。フミは彼の人柄と誠実さに惚れ込み、新開店のためにスカウトしたのである。その大谷さんの関係で十六歳になったばかりのフサちゃんを、無試験で住込み社員として採用した。

三丁目店が開店する頃は、戦後で仕事らしい仕事もなく、店員募集広告を地方紙に出したら、百人以上の応募者が集まり、フミと十九一は面接に明け暮れた。女性応募者のほとんどが中卒の若い人ばかりだった。

また葉山さんは、桐生市でネクタイ屋のセールスマンとして開店して以来、取引していた。彼はお客の応対がうまく、外商にも適しているのを見込んで、まだ三十歳そこそこの葉山さんを引き抜くためにフミは、桐生の社長さんを説得しに通った。彼の家族も住めるように近所に住居も用意し、何の心配もなく働けるからと、スカウトしに行ったフミの熱意に葉山さんも負けたようで、快く足利デパートで働くことに同意してくれた。

当時の労使関係はどちらかというと昔風で、朝十時と午後三時にフミが近所のお菓子屋で生菓子や最中を買って来て皆にお茶を出してやっていた。経理は十九一が担当し、給与額は他社から比べると少々低かったようだった。フミはそれをよく知っていたので、いくつかの問屋に交渉して余った商品を分けてもらい、店員たちの現物給与にしていた。そういう場合も、フミは店の経費ではなく自腹を切ってまかなっていた。

フミは休養のため年に二回くらいは四万温泉に行っていたが、帰るときは店員ひとりひとりに行きわたるようにお土産を買って来てやった。

一度は、たぶん夫の酒乱騒ぎのあとだったのだろう。家族全員と住込み店員全部で十人ほどを引き連れて、塩原温泉に一泊旅行に出かけた。フミの留守中に、さては十九一がアチラさんを自宅にでも招き入れているのではないかという、よからぬ想像力がはたらき、フミは岩風呂に浸かりながらも、眼の上の額のしわが引きつるのを感じずにはいられなかった。

閉店後も夏の暑い日などは、フミは皆と鰻を食べに行き、冬の寒い晩は帰りがけに赤ちょうちんに寄って皆と食事をする。住込みの店員たちには、雨が降ったりすると、「今日は休もうか」といった具合だった。そういうときは、夫に酒を飲ませないために一升瓶を抱えて映画館に行ったものだった。その頃、『君の名は』や『愛染かつら』を観ては、皆がしくしく泣いていた。映画を見たあとは、団体さまとなって寿司屋に押し寄せるのだった。

開店当時は公休日もなかったのだが、一年後くらいからは、皆が意見を出し合って月に一日の定休日をもうけ、週一回は交代休にした。さらに年に一回の一泊旅行もするようになった。そしてその帰りの貸切バスの中で「来年はどこに行こうか」といっては、一年間の楽しみを植えつけたのだった。

フミは、従業員の意識向上を計るために、東京から専門の講師を呼び、勉強会を開き、それぞれの意見や提案、不満、不平などをいってもらい、店員たちと心が通じ合えるように努力していたのだった。

毎日の行動

住込みの三、四人の若い店員たちにフミが毎朝六時に「みんな起きな」と声をかける。そして朝食前に掃除にかかる。フミは十七、八歳のとき、置屋で働いたこともあるが、置屋の掃除は徹底していた。その習慣からか、朝から大掃除をしているようだった。毎朝玄関の履き物は下駄箱から全部出して、下駄箱の隅々、コンクリートの床まできちんと拭く。店の戸板にもハタキをかけ、夫婦の寝室の床の間の置物はひとつひとつどかして、夫が若い頃、中国の千字文を彫り込んだ孟宗竹はからぶきする。庭の落ち葉も一枚一枚拾い、小石を敷きつめた小池の中のごみも取り除き、板塀もきつく絞った雑巾でふき込むから埃ひとつなく、どこもかしこもぴかぴかに清められるのである。これらすべての動作をフミが先頭に立ってしている間、夫は庭の隅にあるお稲荷さんにお神酒を供えたり、盆栽に手を入れたりしている。

ある朝のこと、雨が降っているので、板塀は雨でぐしょぐしょに濡れていて、住込み店員たちは片手に番傘をさしながら拭くので、雑巾を絞らずになでただけだった。それを実際には見てなかったが、フミにはあとでわかり、フサちゃん、セッちゃん、ミヤちゃんの三人に拭き直しさせたのだった。

掃除がすむと、神様、仏様に手を合わせる。そのあと、ハヤシのおばちゃんが用意した特別メニュー（生卵に大根おろし、佃煮など）を食べる。食事が終わると、まあちゃんがフミの髪を整えてくれ、ズボンをはき、膝下に簡単なゲートルを巻いて身支度し、自転車で店に出勤する。店は八時半に開くので着いてから一時間半くらい掃除にかかる。最後に三階まで点検しながらひと回りするのである。フミはいつもフェルト製の畳ぞうりをはいて店内を歩くとき、サッサッと歩くので、その音を聞くと店員たちは皆ぴーっと緊張したものだった。

問屋さんが来ると、フミは大きなソロバンを膝の上においてパチパチと仕入れ値の交渉をする。各売場の責任者を決め、お客のニーズに合った仕入れをするようにする。フミも月に一度は、担当者をひとり連れて、浅草にある大きな問屋、幅広いアパレルから雑貨まで扱っている海渡商店（現・エトワール海渡）まで行って自分で仕入れるのを楽しんだ。

こうしてフミの目の届かない商品が店に並ぶようなことはなかった。店内の飾りつけも、ヨッちゃんに隅々まで指示していく。フミは食事中にも思いつくことが多く、そのたびに指示の号令を発していく。売出しや四季の行事のときなどは、事務、仕入部、裏方の人にも声をかけ、全員総動員し一丸となったのだ。

夕食も店でとり、閉店までいるので、自宅で夫と膳を並べることはほとんどなかった。はじめのころは店に夜十時、十一時までいた。元旦も店を開けた。なぜなら大晦日は非常に忙しく、ほとんどの商品が売れてしまう。最初の年は、除夜の鐘が鳴ってからも客足は絶えなかった。戦争のために全てなくなってしまい、大晦日は、新年を迎えるためになるべく新しいものを、という日本人の習慣が根強く、よく売れたものだった。

三十一日は夜中の二時頃から大掃除を始める。そして翌日の元日に店を開けるために、商品の補充、飾りつけをする。終わる頃に、屋台のおでん屋や夜泣きソバ屋に店の前まで来てもらい、冷えきった体を温めて一息入れるのだった。おでん屋には、店員に台所から鍋を持って来させ、残ったおでんを全部買い占めてしまった。

通六丁目の自宅に帰るのは、朝五、六時だった。すこし横になってうとうとし、住込みの三人は「きょうはお正月だし……」なんて話しながら、ゆっくり三丁目店に来たときに、フミは店の前に仁王立ちして待っていた。三人に「ちょっと奥へ」といって入ってもらって、「正月からそんな気持ちでは、先が思いやられるね」と叱った。住込み組はどうしてこうなんだろうと、フミというスーパーウーマンの酷使ぶりを理解できなかった。しかしこの日はフミも一睡もしてなかったのだ。でも元日には、フミの財布から全員にお年玉が手渡されたのだった。

また足利の大事な行事として、冬になっても、十一月二十日に西宮長林寺で開かれるえびす講までは、人びとは足袋、くつ下などはかないものだった。十九日の外えびすの日、人びとは西宮長林寺にお参りして、帰りに家族の冬支度の商品を買いそろえていくというのが習慣だったから、客は大きな風呂敷を背負って、手にはお宝をもって帰る。商人にとっての書き入れ時であり、メリヤスの肌着類売場には、戸板を並べて、その上に足袋や靴下類、もも引きなどを山のように積んで売るのである。夜十二時過ぎまで商売をし、二時頃寒いので、店員たちは半纏やオーバーを着こんで、西宮神社にお参りに行き、家に帰るのは四時半過ぎだった。

しかし寝たかと思うと、フミは、「朝えびすだから皆起きな」と声をかけて、六丁目店を開けなければならない。この朝だけは掃除もそこそこに住込み組だけは早出勤だった。二十日は内えびすといって、料理店を借り切って、皆にごちそうをふるまい、お酒もつけての祝膳を振る舞った。

六年くらい経つと、店も軌道にのり、フミもひと息入れてみようと思い、床屋さんで浪花節の上手な人に出張してもらって習ったのだが、音痴なうえに性《しょう》に合いそうもないので止めてしまった。そこで踊りに切り替えた。日本舞踊といっても習いたてでも踊れる「お富さん」や男装して踊る「姿三四郎」、なかでも雪国の薬売りを模した「毒消しゃいらんかね」は、社員の一泊旅行の際に、六十人ほどの膳を並べた大部屋での宴会の席で、フミはメーキャップし薬売りに成り代わり、籠を背負い、その中に全員に配る五千円札を一枚ずつ入れた祝儀袋を、唄に

男装して「姿三四郎」を踊るフミ。

合わせて踊りながら、皆のお膳に配って回ったりした。従業員たちは「おかみさんは福の神だね」と囁き合っている。もちろん、こういうことは社長には知らせず、フミは預金を下ろして店員への専務からのボーナスとしたのだった。

もうひとつのアイデアは、市役所の市民課に線香を大量に届けておいて、亡くなった方の遺族に「小沢フミ」からのお悔やみとして一箱ずつ渡してもらったことだった。受け取った人の中には、わざわざお礼に来た人もいたが、「仏様を商売に利用するのか」と他からクレームがつき、止めてしまった。

フミが店のほうで、てんてこまいしていたこの時期の十九一はどうだったかというと、朝夫婦とも六時に起きると、庭の掃除をしてから、十九一は冷水摩擦をする。そのころ頭の毛がうすくなっていたので、養毛剤をふりかけたりしていた。

三丁目店への社長の出勤は九時頃、社長専用の、当時はまだめずらしい三段変速の自転車で行っていた。出勤すると、まず前日の売上金を出しておいて店に来る銀行員に渡す。次に手形の期日などをチェックし事務的なことをすませ、店の中央部に腰かけ、新聞に目を通しながら午後の半日を過ごしていた。十九一は手形や小切手などの他、税金対策などよく勉強していたようだった。

彼は売上金を数えて金庫に閉ってから、「おフミ帰るよ」といって、いそいそと自転車にまたがるのを、店員たちは横目で見ながら「アチラさんとこへ行くんだね」と目配せしながら見ないふりをするのだった。五丁目あたりに住んでいるアチラさんの家に寄って帰宅するのである。長男や長女たちも何となく気づいていたようで、長男などは自転車でその家の前まで見に行ったようだった。

フミは店の仕事で頭がいっぱいで、やきもちをやくひまも余裕もなかった。それでも十九一がお妾さんと一緒にいる場面を想像しないわけにはいかなかった。そのときの頭痛を和らげるために梅干しをつぶし、こめかみに貼っていたものだ。それを見た人は、フミがどんなに商売のことで悩んでいるかと思ったことだろう。

お妾さんの家の近くに住んでいる人の話では、彼女はどこかの学校の校長だった夫と離婚して、小料理屋を開いたそうだった。そして自宅も改築したという噂を聞いて、フミは、さては十九一が建築費まで出してやったのか、と疑わずにはいられなくなり、彼にそのことを一言いったとたん、十九一はフミに向かって貯金通帳を投げつけ、「そんな金があるのか！」と怒鳴りつけたのだ。

彼は株を持っていたからそんなことはいとも簡単だったはずだ。フミにとっては、その場かぎりのイヌも食わない夫婦喧嘩でしかなかったのだが、実際にフミにはそれを根にもつひまもなかったのである。


この時期だったのだろうか、十九一にたいする、もやもやした気持ちが胸のなかに膨らみはじめ、悩みを相談できる人もおらず、フミが助けを求めたのは、夫婦関係を重視するといわれている天理教だった。天理教については、毎週一回、自宅に指圧をしに来てくれていたおばさんが、天理教の信者になるよう、フミに勧めていたからだった。

フミは奈良市にある天理教の信者施設の詰所に申請し、三週間修行できる修養寮に行くことを決めた。毎朝六時半に起床し、七時から七時半の朝食後、全員で食器洗いをし、週に一回回廊の拭き掃除をする。そのあと朝づとめの礼拝に参加する。夜は夕食後、風呂に入り、翌日の日課を確認するという毎日だった。

着いた日から黒法被という上着を身につけ、寺の見習い坊主になったような気持ちになったという。仏様にも真面目に手を合わすこともしなかったフミには、まるでこの世にいるとは思えない荘厳ながら、どこか違和感に圧倒されずにはいられなかっただろう。

修行に参加している人たちは、ほとんどが中年以上の男女で、彼らの顔には、それぞれが抱える悩みの相がのぞかれるのだった。でもフミには不似合なこの修行を終えたとき、なんとなく気持ちがさっぱりし、来る前に抱いていた煩悶などはどこへやら。三週間の間、どこに行って何をしていたかもだれにもいわず、温泉から戻ってきたかのように、すっきりした表情で店に出ていった。

フミは公私とも、店員のことから自分の子どものことまで心配しなければならなかった。総領の甚六とよくいうが、小さいとき仲間に喧嘩をふっかけられると、妹の長女が飛んで行って仕返しをするような長男だった。夜間高校を出たあと、名古屋のメリヤス関係の問屋に就職したのだが、夜になると星を見つめながら、足利の方を見ては涙ぐんでいるという手紙が届いたのだ。そういう息子の姿を思い浮かべると母親として耐えられず、フミが迎えに行ったこともある。

こういう長男だったから、お嫁さんを見つけねばならないとフミは思ったのだ。彼はバーのホステスさんと付き合っていたようだった。当時、今のような恋愛結婚がどこまでなされていたかわからないが、地方の町では見合結婚が一般的だったようだ。

足利デパートの開店前に店員を募集したとき、その中に、父親が医者をしていた家族の長女で、ガールスカウトの班長もしたこともある美智子さんに、フミは白羽の矢を立てたのだった。教養もあり真面目な女性だった。長男は、母親の提案を有無もいわずに受け入れ、十九一が謡曲「高砂や」を自宅の挙式部屋で舞い、めでたく長男の結婚が成立した。

もうひとりの息子、雄二がいる。彼は武蔵野美術大学を出て、彫刻家になることを目指していた。大学時代にガールフレンドができるタイプでもなく、芸術家にはしっかりした奥さんが必要だと思い、次にフミが店員の中で白羽の矢を立てたのは、会計課の美奈子さんだった。ふたりは交際期間もほとんどなく、結婚となった。

ふたりの息子の将来を思うあまり、母親であるフミが彼らの結婚相手まで選んでしまったわけである。今日では、性格不一致とか、夫の暴力など、どんな理由ででも離婚でき、再婚しなおせるが、その当時、まるで母親が彼らの運命まで決めてしまったようである。夫は反対するようでもなかった。

でも長男、次男とも結婚相手まで母親が見つけてやったのだが、そのままでは母親の心配はおさまらなかった。長男家族には足利の外れに庭付きの一軒家を買ってやり、次男には百合丘に土地を買いアトリエ付住居を建ててやった。息子たちに母親が甘すぎるといわれても言い訳もできないのである。

彼らの子供時代に主婦がなすべき一家団欒というひとときを持たず、戦時中から戦後まで家族を食べさせるために、商売だけを自分の使命と生き甲斐にしてしまったことが、母親の大きな弱点になってしまったことを、フミは認めざるをえないのである。

結婚式に角隠《つの》しでツノを隠していた新婦が日夜働きながら、三年おきに生まれる子どもを抱え、家族を養うためにツノ隠しを剥ぎ取り、十九一がどう思おうと商売の鬼に化していったのを、フミは認めないわけにはいかない。十九一はそのツケを毎晩酒乱になってフミにぶちまけては、夫としての不甲斐なさのフラストレーションをしずめるほかなかったのだろうか。十九一を瓢箪に喩えれば、フミはその瓢箪から出た駒だったのかもしれない。

では娘たちについてはどうだったかというと、長女、直子は青山学院を卒業後、同級生と結婚した。学費は、牧師家庭に住込み、家事手伝いをし、バイトをしながらまかなったようだった。女子校時代には、彼女はかなり外交的だったのか、当時の米進駐軍兵士たちのガイドなどもやっていたので英語がめきめき上達した。大卒後パンアメリカンやルフトハンザなどの航空会社の格納庫で働いたのだが、貿易会社に勤めていた夫がメルボルンに赴任することになった。当事、家族同伴はできないというので、子どもがいなかった直子は、この機会を利用してウィンスコンシン大学に自費で留学した。

学費はどうしたかというと、航空会社で稼いで貯めたお金だけでは間に合わず、大学寮で寮長の口を見つけ、最後にはミズーリ州セントルイス市のワシントン大学の福祉学の教授になるまでの道をまっしぐらに進んでいき、名誉教授の高位にまでのぼりつめた。その間に、当然夫との間は離れていくいっぽうで、別居して数年後に、東京にいた末の妹が代理人となり、夫婦同士の戸籍謄本を取り寄せ、区役所でいとも簡単に離婚が成立したのだった。

一方、末娘のわたしは、早稲田大学で出会ったフランス人青年と十年近く付き合い、いよいよ結婚することを考え、フミを渋谷の料理店に招き、将来彼の義母となるフミと彼との初対面を実現させた。この日、フミにはめずらしく、大島の着物を粋に着こんで来た。

フミは子どもたちに母親らしいことをしてこなかったのだが、末娘を何不自由ない「ネコの尻尾」のように思ってきたのだった。

料理店で娘の将来の夫が、フランス人であろうと、ドイツ人であろうと、スペイン人であろうと、ブラジル人であろうと、日本人と同じ日本語、それも東京弁で話すのを前にして、「じゃ、式はいつ挙げるのかい？」と、気っぷのいいヤクザの女将のような口っぷりで言い放ち、彼の家族のことなどについてや、将来彼が何をしたいのかなど何も聞き立てることはなかったのである。

一年半後、わたしたちの長男ダンが渋谷区の日赤病院で産まれたとき、娘がまだ入院中、恵比寿のマンションで、彼がフミに塩鮭とみそ汁の朝食を用意してくれたのには、フミは今まで味わったことのない喜びに満たされたのだった。彼がフランス人であるということだけが余分であり、言葉以上に彼の人となりがわかったのだ。

わたしの父、十九一はすでに亡くなっていたが、明治生まれで儒教、漢文まで身につけた父が、娘がフランス人と一緒になることを知ったらどう思ったのか、はたして反対したのかどうかもわからない。

じつをいえば、フミは、当時はテレビを見ることもなかったので、アメリカのミズーリ州にあるセントルイスという町がアメリカのどのへんにあるのか、パリが暑いのか、寒いのかもとんとわからなかった。とにかく長女はアメリカに、末娘は、地球のどちら側にあるのかもわからないフランスに住むようになることくらいはわかっていた。

足利デパート最高潮の頃

一九四二年に店名も小沢洋品店から足利デパートと改名した。最初の資本金は三百万円だったが、フミはさらに二百万円を出資し五百万円に増資した。自分の株の分として五十万円を差し引いた百五十万円を株として、古くからの従業員にわたるようにした。こうして古くからいる社員が経営に参加できるようにしたのである。店の利潤が上がれば、それだけ配当金も上がるようにし、従業員にやる気をおこさせたかったのだ。次の年には資本金六百万円に、翌年に八百万円に増資した。そのためには、各自の持株数によって各自負担で増資に参加してもらった。なかには増資に参加しない従業員もいた。

一九四五年に二度目の火災に遭った。一回目は隣の郵便局の火災による類焼だったが、今回は店の屋根裏の漏電によるものだった。ちょうどその当時、隣の靴屋さんが増築するというので、この機会に二階以上のフロアを足利デパートが借りることにしたのである。このフロアの賃貸料だけで月四十五万円、地主への地代も月三十五万円にのぼった。

その保証金が必要となり、以前フミが店のために買っておいた一千坪の土地を市に三千九百万円で売却し、そのうちの三千四百万円を保証金にまわして、増築に成功したのだった。この増築はまさに足利デパートの再生を可能とした。増築した三階のスペースを制服部門とし、制服にかけてはどの店にも負けない両毛一の足利デパートに生まれ変わったのである。

一九五二年には売上げも二億八千万円から四億五千万円にまでのび、八月の決算では、今までの目標だった五億円を超え、五億四千万円の売上高を計上できたのだった。

この頃、十九一は店の財政面も順調だったせいか、末娘が通っている小学校の父兄会会長になったり、小学校六年生の江ノ島旅行への付添父兄になったり、娘が卒業するというので講堂にボルドー色のビロードのカーテンを寄贈したりし、書道家かつ足利デパート社長という肩書きが、押しも押されもしない重みを持ち始めていた。

五人の子どもをもつ父親といっても、長男から末娘まで十一歳の開きがある家庭の中で、それぞれが生まれ育った時代の家庭状況、経済状況によって子どもひとりひとりがもつ父親像はかなり異なると思う。子どもは父親の背中を見ながら育つといわれるのだが、親バカとまではいかなくても、よほど子煩悩な父親と密着して生きてきた人なら、父親のいいところ、いやなところが子供時代の思い出の層をなすものだろう。

両親の商店経営が軌道にのっていた頃、少女時代を送った末娘のわたしは、子どもの中でいちばん父の落ち着いた時期を分かち合えたのかもしれない。もちろん父のお妾さんの存在は考えおよばなかった年頃だった。それを知っていたとしても、父を憎むべき要因になったかどうかも想像できないのだ。

冬の寒い朝などは、わたしが学校に行く前に、父は落ち葉を裏の広場に掃き集め、サツマイモを何個か燃え残る落ち葉の中に押し込んで焼いてくれたものだ。

もうひとつ、鮮明に瞼に残っているのは、父が着物姿で床の間の前に和紙を広げて水墨画を描くのだが、筆に唾をふくませて墨加減を調合しているのをよく目にしたものだ。一番細い柔らかい毛筆は、五人の子どもが一歳になる前に頭を刈ったときの産毛の毛髪を束にして作った筆だった。

緑町の自宅でくつろぐフミと十九一

子どもが考える父子関係とは、何なんだろう。ガミガミ子どもを叱る父親、妻との夫婦関係が良くなく冷えきった、子どもにも愛想の良くない父親、過労死の瀬戸際にあるのに何も言わない父親、自動車事故などで子どもが小さい時期に亡くなった父親、母親と離婚し若い女性と再婚し、家族にたいし申し訳なさそうな表情でつくろう父親、企業の重役か部長、または大学教授で、妻や子どもにとっては雲の上の人でしかない父親、数年の海外単身赴任のため夫婦関係も父子関係も希薄化する父親、サラリーマンの父は朝早く、子どもの顔も見ずに通勤列車に飛び込み、帰宅時間も遅く子どもと顔を合わすことのないパパ、子どもの学校の成績のアップダウンで血圧まで反応するパパ……。しかしわたしの父は、これらのどのタイプにも属さない。

むしろ事業の上で妻にリードされた夫ではなかったか。わたしの記憶に残っている父の姿は、もしかしたら、他の兄姉は見たこともない、知らない姿なのだろう。

枯れ葉を焼く父は、わたしに何もいうことなく、無言で末娘と燃える枯れ葉を見つめている。この場面が、唯一、父との思い出となって残っているのである。

次女、佐和子は文化服装学院を出たあと、ある問屋が紹介してくれた千葉の布地屋に勤めていた。ちょうどその年の四月に新装開店した足利デパートにも布地部門と縫製部を作ろうというアイデアが浮かび、長男の妻、美智子さんに千葉まで佐和子に会いに行ってもらい、その計画を伝えてもらった。佐和子はその店で働いていた同僚と付き合っていたようだった。それなら話は早い、数カ月の交際後、彼が婿として小沢家に入ってくれることになったのである。

客が店で選んだ生地でオーダーできる縫製部は十年ほどつづけたが、六〇年代に入る前に次女夫婦が目をつけたのは、足利の中学から高校、足利短大までの制服部門をつくることだった。

それまでは、制服の既製品はほとんどなく、客は個別の洋裁店に注文していたようだった。当初は、小学校から数校の中学校、高校、とくに女子高校の制服、セーラーの衿の角に星の刺繍が入る制服を新聞やチラシなどで広告し、六月からの夏服も受注するようになった。近在に競争店も何店かあったが、いくつかの学校の制服指定店になることができたのである。

男性店員たちは、四月からの新学期に向けて十二月から制服商戦をはじめるのである。十五年後には足利、太田、その他、近在の学校の制服まで扱うまでになった。六丁目店の裏にある縫製部では数人の縫子さんが年間にわたって数サイズの制服を作っておいて、三月の入試当選者名が発表されるや、注文が殺到し、袖やスカートの長さを調整する制服戦線がくり広げられていたのである。縫製部の縫子さんたちの他に外部の縫製工場にも下請けに出すほどになっていた。多いときは合わせて一千着、扱い高も二億円にものぼった。

足利デパートの制服は格好いいといわれるまでになっていた。制服にかぎりバーゲンをしなくても、家族にとっては祝い品でもある新入生の制服は、店の目玉商品となったわけである。

一九六四年東京オリンピックが盛り上げた好景気は、一九六七年から神武景気に引き継がれ、足利デパートは、足利市の中心街の花形として開花しはじめた。

その頃、二十八歳になったばかりの、フミの遠い従弟にあたる川田くんが経理部に入ってくれた。

彼には入った日から外のシャッター拭きから、ハタキかけ、ごみの片付けまでしてもらった。初日から掃除やごみ捨てまでやらせられた彼は、こんなことまでやらせられるとは、と何度か辞めようと思ったらしいが、その頃、専務になっていたフミがハタキをかけ、率先して掃除までやっているのを見て、入ったばかりの社員にはわざと辛い仕事をさせ、耐えられるか試しているのだとわかったようだった。

フミは、川田くんを仕入れに連れて行くときなど、列車の中で週刊誌を読んだり、居眠りをするのではなく、周りに座っている乗客の服装や足もとまでよく観察して、どういうデザインや色調が流行っているのかも観察するようにといって聞かせていたという。

店内でもフミの厳しい眼は、店員の立居振舞をも見逃すことはなかった。そのような厳しさをもった専務としてのフミに顔を会わせないように逃げ回っている店員もいた。でも、どの店員も自分の子どものように思えたので、フミは彼らの私生活から福利厚生まで相談にのっていた。たとえば、同僚と結婚した社員のひとりが未熟児を亡くしたとき、その葬儀費用までフミがお金を出してやった。

それだけに自分の彼らへの愛情と期待が裏切られたりすると、激怒せざるをえなかった。従業員から、「男まさりの女」といわれるようになっていたフミは、ワンマン専務だったのかもしれない。

この頃からやっと社員に正月三日間の休暇を与えるようにした。十九一は心臓の具合が良くなく、自宅にいるほうが多くなっていた。彼の世話は、佐渡から来た遠い親戚のおばさんがしてくれていた。

そんなとき時間がないと、フミは朝食もそこそこにリンゴをかじりながら、織姫山を左手に見ながら、川田くんに車で店まで連れて行ってもらうのである。三十年後の言葉でいえばキャリアウーマン、または「男まさりの事業家」といわれても、店員の誰よりも店に早く行って掃除をはじめなければならなかった。

足利デパートのおかみさん、フミの商売術もなかなかのものだった。店内に陳列してある商品のどれかに客の手がのびるや、フミはそれを見逃さずに、お客が女性なら、「その商品はお客さまにぴったりです。こんなにお似合いの商品はどこにもないですよ」と、催眠術式にお客をその気にさせていくのである。

フサちゃんの思い出のひとつに、新入社員としてどこかの会社に就職した息子と母親が店に息子の背広を買い求めに来たとき、息子が、赤い柄入りの、いわゆる芸能人が着そうな背広を見つめていたので、フミはお客の気持ちも聞かずに、「これはいいですよ。これからは思い切って相手に強い印象を与えるべきですよ」といって、その赤い模様入りの背広を買わせてしまったのだ。このエピソードについては、フサちゃんも後ろめたい気持ちを後々まで拭いきれなかったという。フミの商法には、一度客をつかんだら離さない根性の強さがあったのである。

一九四〇年代に生家の父親も、小沢家のお姑さんも亡くなったあと、フミは実母を小沢家に引き取ることにした。祖母には六丁目本店の裏にある茶の間で過ごしてもらい、月に二回床屋さんが来て、こぎれいなご隠居さんとして、長女の嫁ぎ先で余生を送ってもらいたかった。

祖母は祖父と結婚して以来、暴君の祖父に虐げられ、酷使されてきたのだった。せめて長女のフミがしてやれる唯一の慰めとして、フミの嫁ぎ先で数年の静かな余生を送ってもらいたかったのである。まだ実家で暮らしていた、フミより十歳若い妹、キヌちゃんも小沢家に引き取り、足利デパートの食堂で働いてもらった。

　地方の町で亡くなって逝く人の人望や人格の高さは、すごく表面的とはいえ、その人の葬儀のときにどのくらいの花輪が立ち並ぶかで評価される習慣がまだ残っていた。祖母の葬儀のときは、寺の周りに百以上の花輪が立ち並んでいたのだが、種菓子製造業者だった祖父の葬式のときはほんの五、六輪の花輪しかなかったという。もちろん祖母は数年隠居生活を送った小沢家から霊柩車で葬儀場に向かったのだが、少なくても祖母があの世に向かうときのはなむけになったのではないかと、フミひとりで胸をなでおろしたものだった。

　この頃、十九一は、彫刻家になった次男、雄二の作品と自分の書道作品とで、町の公民館で「親子展」を開催した。家族の中で唯一人、芸術家の血を受け継いだと自認していた次男の作品とで「親子展」を開けることに十九一は、今まで叶えられなかった自分の名声を花開かせたと思ったことだろう。その下準備の額入れなどに、何人かの社員が手伝わされたのだった。

展覧会オープニングの日には、市長から助役、商店連合会の面々が十九一の書道作品を称賛しに来てくれたのだが、妻であるフミは店のほうが忙しく、この「親子展」の会場には顔を出さなかった。十九一とフミは、互いに別々の世界を生きていたのである。

十九一の死

フミが商売にかまけているあいだ、店のほうは次女の夫、隆一が社長になっているので、長男、裕一は、トリコット製品の卸業を始めた。しかし、仕入れと経理面の管理に目が行き届かなかったためか、仕入れた商品の在庫がたまると格安に売りさばいていたため、問屋への手形が乱発され、売上げに見合った仕入れと経理のバランスが崩れ、にっちもさっちもいかなくなっていた。そのためか、裕一は寝たきりの父親の枕もとに頻繁に会いに来るようになっていた。一方、フミは足利デパートの部長、大谷さんに負債の処理に駆け回ってもらっていた。

何でも部下が自分で仕入れを始め、会社を乗っ取る形で同種の商売を始め、成功したと聞いている。フミは、息子の会社が倒産にでもなったら、店に悪影響を与えるのではないかと心配していた。フミは自腹を切って負債の穴埋めのため出来るだけのことをしていた。息子の事業の倒産は、十九一にも相当こたえていたようだった。

一九六五年十一月十八日、十九一は心筋梗塞で、フミの腕にかじりつきながら息を引きとった。六十一歳だった。今も忘れられないのは、この日の前夜わたしの夢の中に着物姿の父が現れたことだ。葬儀の日も、フミは長男の会社の債権者のもとに行っては負債の決済期限をのばしてくれるように頼んで回るほかなかった。このときの十九一の遺産はフミがほとんどを相続し、長男の倒産の穴埋めに当てたのだった。

お通夜の日、誰が気をまわしてお妾さんに知らせたのか知らないが、午後、自宅でのお通夜にお妾さんが喪服姿で見えたのだ。こういうことになるだろうと、フミは用意しておいた一万円札を五十枚入れた封筒を、彼女の膝もとに差し出した。

「主人がいろいろお世話になりました」と、顔を強張らせることもなく差し出した。彼女はうつむいたまま、フミと目を合わせようともしない。

「わたしにはまだ緊急にすることがありますので、ごゆっくりとお焼香を」といって、フミは部屋から出て行ってしまった。彼女がその封筒を手提げにしまうところを目にしたくなかったからだった。

この日、フミは普通なら喪服を着て、焼香に来た客たちを迎えるべきだったのだが、喪服を来て長男の会社の債権者たちのところに行くわけにもいかず、普段着のままで出て行った。

夫の死後、毎年お盆の日やお彼岸の日には、小沢家の家族よりも一歩早く十九一の墓にお線香と花がそえられていた。フミは、彼女に夫のお通夜の日にお札の入った封筒を渡したとき、長年の夫との関係への手切れ金と思ったのだが、彼女はそう思っていたのではなかったようだ。

十九一は亡くなる数日前に床の中で、落ち着いた顔で、フミに「あの女《ひと》と別れようと思うのだけれど……」と、しみじみとフミの顔を見つめながらいったとき、フミは「そのことは今でなくてもいいのよ」と、いったのを憶えている。それはフミが十九一と交わした最後の言葉だった。

フミ最期の数年

フミは、夫が一九六五年に亡くなったあと、社長に、そして会長になり、五十四歳からひとりで店の采配をふるい、五十九歳までの五年間、花火でいえば最後を飾る花形、数尺玉の大輪を咲かせたのだった。

足利の商店連合会の新年会などでは、亡くなった社長に代ってフミは日本舞踊の中でも得意とする「姿三四郎」など男役の踊りを旦那衆の前で披露し、足利デパートのおかみさんこと、おフミさんの華麗な姿を彼らの脳裏に焼き付けたのだった。もうそこには酒乱の仮面をかぶって、男まさりの妻を殴りつづけた書道家十九一の姿は消えてなくなっていた。フミひとりの空間が広がっていたのである。このときフミは五十七歳だった。

足利デパートの歴史も、十九一の死とともにその頁が閉じられ、二代目、婿、隆一の時代に入る。長男夫婦にも店に復帰してもらった。商売には当然浮き沈みがあるから、長男にはもう一度立ちなおってもらい、奮起してもらいたかった。この当時、従業員数も六十人になっていた。

女だてらにといわれてきたのだが、商店の経営という事業にとり憑《つ》かれ、従業員とのつながりも肉親以上に深いものになっていくなかで、家族の関係をしのぐ濃厚な社員との人間関係がフミの周りに張りめぐらされていたのだった。

昭和十三年、次男が生まれる前、十五歳のときから雇ってほしいといって来たまあちゃんは、定年退職したあとも働きつづけ、八十歳まで勤め、最後まで自転車で三丁目店に通いながら制服の仮縫など、こまめに顧客との応対を受け持ってくれた。まあちゃんこそ、フミの片腕となり家族の一員となり、小沢洋品店、足利デパートのために生涯を捧げた女性だった。ほとんどの従業員も定年まで働き、足利デパートという甲羅を背負って生きていたのだといえる。

常に夫婦間の摩擦があったのは避けられなかったが、十九一が書道家という芸術の道を、家計も返りみることなくつづけられたのは、フミの奮闘があったからこそ可能だったのだが、フミが与えることのできなかった「女のやさしさ」や「女の甘え」をお妾さんに求めることができたからだろう。だからといって、フミは夫を恨みようもなく、彼の送った二重生活を今さら責めたところで……と、あきらめに似た心境にあったのではなかろうか。
フミは、毎日の商売から、五人の子どもは放任主義にならざるをえなかったが、常にハタキを手にし、店で客の相手をすることで頭がいっぱいだった。千手観音でもないかぎり、フミが、十九一のお妾さんとの不倫関係まで監視していたら、ノイローゼになっていたことだろう。そのような状態になったとき、フミは梅干しをつぶしてこめかみに貼っていたのは、ずいぶん昔のことだった。

一九六八年だったろうか、フミは五十七歳のときに仕入部の洗面所で倒れ、足がきかなくなってしまった。これが第一回目の脳いっ血だった。一年間、足利の日赤病院に入院し、退院すると家で静養するのではなく、翌日から店に出ては以前のようにとはいっても、すこし言葉使いが不自由になりながらも客の相手をするのだった。そのあと二回、脳いっ血に見舞われ、再度入院生活がはじまるのだが、すこし良くなると、自宅でじっとしていられなかった。退院後、数時間でも店に出てお客様の顔を見ないではいられなかった。冬の寒い日でも店頭に出てい

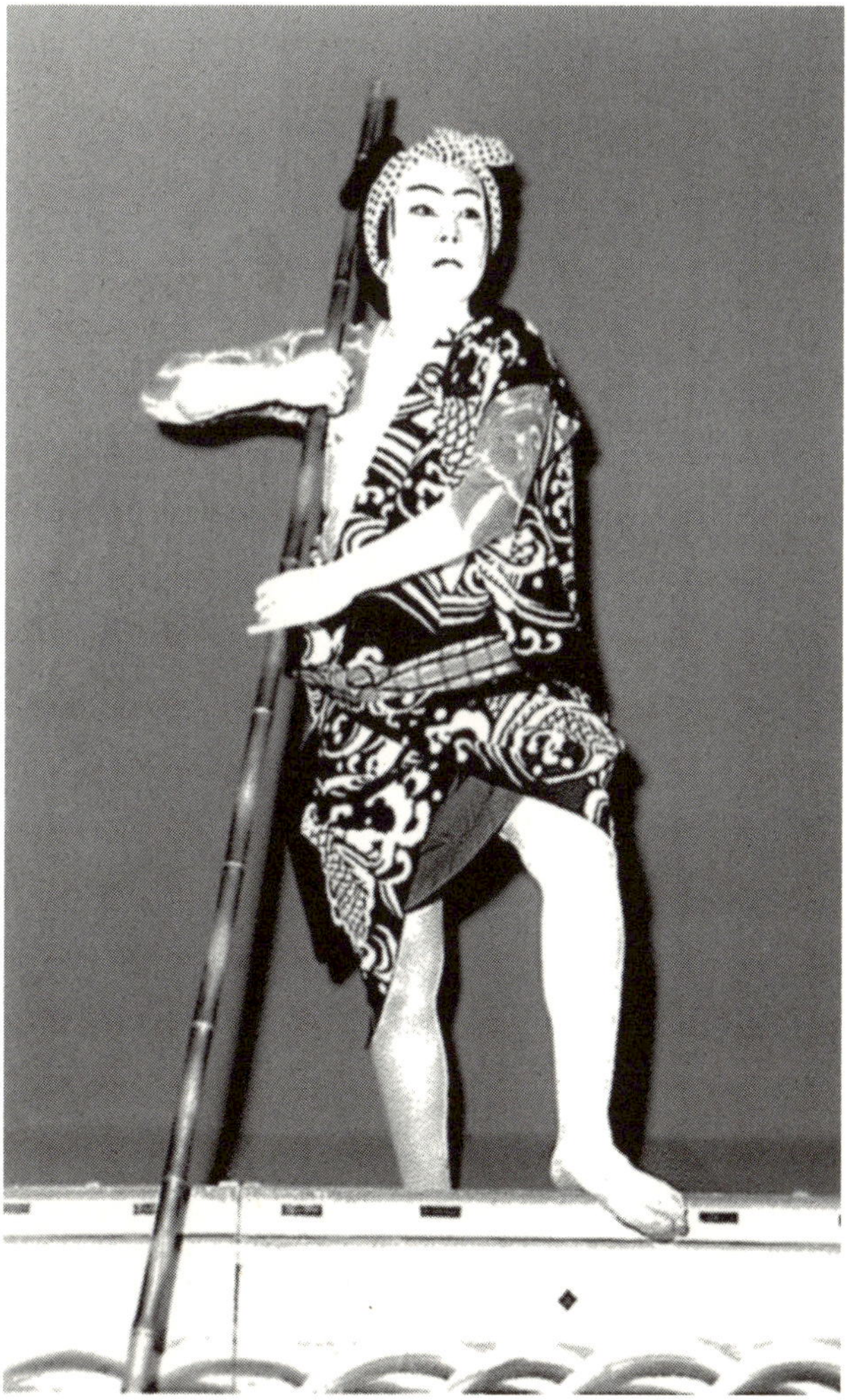

男踊りを得意としたフミ。

ないではいられなかった。従業員の誰もが心配してくれるのだが、自分が産み育ててきた店で倒れるのは本望だと思っていた。

一九七〇年に二度目の脳いっ血に倒れてからは、自宅からバスで二十分ほどで行ける山前市の足利赤十字病院の病室で、家政婦斡旋所（現在は介護人斡旋所）が紹介してくれたおばさんがつきっきりで看病してくれた。フミは入院生活がつづくなかで、脳軟化による認知症も徐々に進んでいた。

二年毎にアメリカから帰国する長女と交互にフランスから帰国する末娘と交わす言葉数も少なくなっていたが、外国に行ってしまったふたりの娘の、会うたびに現地での生活に自信を増しているような元気な顔を見るだけで充分だったようだ。

しかしながら、足利から東京の浅草まで快速で一時間十五分で行ける町、足利から東京に通勤するサラリーマンが増える一方で、住民の高齢化も進んでいた。店に買いに来る客たちも高齢の親族が必要とする下着類やくつ下などを買い求め

豪華な衣装で踊るフミ。

に来るくらいで、夏の熱いときに店に来るお年寄りの客のなかには、店の冷房に浸かるために来るご老人もいた。

　またイトーヨーカドーなど若い女性やお嫁さんたちが車でショッピングに行ける大きなパーキング付きのスペースを有し、テナントがひしめく店舗が町外れにできはじめた。

　このようにして社会構造が変わりつつあるなかで、足利デパートもその波にもまれはじめていた。その流れに乗り遅れまいと、次女の長男、勇介がアミというブティックをテナントとして開店したが、足利デパートの赤字額が毎年約四千万円にのぼるなかで、中学・高校生の制服の売上げで補いながらも下り坂がつづいていた。

　一歩街に出るや、向かいの八百屋はずいぶん前にコンビニになったが、今はそれもなくなっている。隣の靴屋さんも土地を売り平地になっている。前のお茶屋さんだけが三代目の孫娘さんがまだがんばって営業している。すこし先にあった金物屋や乾物屋にもシャッターが下りている。次から次に店仕舞いしていき、なかには夜逃げ同然に家をたたみ、去って行った人もいたようだった。

近所の商店がなくなったあとの空き地のほとんどは駐車場に変わっていく。そこに新しい商店が生まれないのは、街の新陳代謝も停止したためだろうか。今もそこで暮らしつづけている老人たちがいなくなれば、無人の街になってしまうのだろうか。くしの歯が欠けていくように、昔あった商店がなくなっていき、その空き地に駐車場ができ、隣合わせに建っているモダンな建物は、受験塾だ。モノを売る商店の代わりに、眼に見えない受験勉強のノウハウを子どもたちに提供する純粋なサービス業だけの街に変わりつつあるのだった。このような街の変貌は、どこの国の、どこの町でも見られる現象だろう。

地方の町が生き返ることは不可能なのだろうか。千二百年以上の歴史をもち、縁結びの神様といわれる織姫神社や、日本初の学校として鎌倉時代に創立された中世の高等教育機関、足利学校、足利氏の氏寺、鑁阿《ばんな》寺など、関西でなら歴史的観光名所の仏閣として、全国の中学、高校生の見学コースに入るべきなのに、十九世紀以来、足利は太田や桐生とともに、からっ風に吹かれながら上州女たちが機を織って支えてきた「織物の町」という別称のほうが有名になってしまっていた。足利市東部の片隅にひっそりと建っている、これらの歴史的建造物の遺影を売りものにする文化的情熱が欠けているのだろうか。どこの過疎地でも謳われている町おこし事業が生まれないかぎり、それらは過去の化石でしかなくなるのではないだろうか。

一九五一年にフミが十九一の反対を押しきって足利デパートを開店し、七十年の間、足利の中心に存在しつづけてきた、足利デパートも、次女の長男、勇介が後を継いだとしても、九〇年代以降、街の終焉に向かう流れに抗する棒杙《ぼうくい》のように、そこに立ちつづけていること自体が無理だった。

祖母が築いた店を、そのあと何代も引き継ぐことは、銘菓や銘酒など祖先から伝わる秘伝を守るのならまだしも、小売店ほど需要と時代の変化に左右される業種はないのである。フミが商売という荒海の航海に乗り出した時代は、商売根性がありさえすれば、どんなものでも売れ、どんな店でも繁盛したのである。

一九八三年のある日、長男の妻、美智子さんと一番上の孫が沈痛な顔をしてフミが入院している病院の病室に入ってきた。ふたりとも顔を見合わせてから、うつむき、一週間前に長男裕一が心不全のため亡くなったということを義母、祖母に告げに来たのである。

入院生活が十年以上つづいており、家族の識別も危うくなりはじめていたフミには、裕一の死は知らせないままにしておいたほうがいいと遺族は思ったのだろう。でもフミには直感的に感じとることができたのだった。しかし息子を失った母親の悲しみの感情を表すには、もはや喜怒哀楽の感性の琴線も響かなくなっていたのだった。

彼が亡くなる数週間前に自動車を電柱にぶつけたのも、死のうと思っていたからかもしれない。それが自死だったとしても、死のうとした気持ちは彼にしかわからないのである。失敗を押しのけ、立ち直るだけの力がなかったのかもしれない。

彼の最期の意志を認めてやるしかないのだ。小沢家のなかでは彼の死をめぐる想いは、言葉にすることのできないタブーの闇に包まれたままである。それぞれの想いがどういうものであれ、それによって彼の生前の姿を思い起こす機会が与えられ、彼の姿がよみがえるのである。

足利デパートの終焉

小沢フミは入退院をくり返しながら七十三歳まで、十四年におよんだ入院生活を送ったあと、脳軟化による認知症を患い、時間と空間の輪郭も厚さも朦朧《もうろう》としていくなかで、一九八四年十二月二十三日、息を引きとった。葬儀を営んだ法玄寺を囲む歩道いっぱいに立ち並んだ何百もの花輪の列は、戦中以来六十年間、足利のひとりの女として商売に生き抜いた一輪の花への別れの言葉だったのかもしれない。

しかし、足利に戦後から七十年近く存在していた足利デパートを店仕舞することとは簡単なことではなかった。足利デパートは小沢フミの時代から個人経営の小売店でしかないのだから。次女の婿として入ってくれた隆一は二〇〇九年に食道がんで亡くなり、長男、勇介が後を継いだとはいえ、毎年の赤字額は累積していた。

小沢家の末娘、君江にとっても、足利デパートは、郷里を、また母親の姿を象徴する存在であり、未練があったとはいえ、数年ほど前から完全に閉めてもいい

2016年、足利デパート閉店後。　写真撮影者：小鮒敏之

のではないかと思うようになっていた。小沢家の末娘として、その気持ちを伝えておきたかったのである。

最後は家を継いだ者の責任といえば、それまでだが、店を閉めるということは、一軒家をたたみ、売却さえすればそれで終わりというほど簡単なことではない。予想外の負債額や未決済額に直面しなければならないからだ。二〇一三年、隆一社長亡きあと、母佐和子と息子はついに足利デパートを閉店にすることに決めたのである。

店が何年も前から、銀行に借りていた借入金だけでも七六〇〇万円に達していた。それへの利子はいうまでもなく、店の数年間分の固定資産税、店の敷地の地主への賃貸契約期限までの支払金もあり、また、建物を壊すとしたら、それだけで一千万円以上かかるという。

また売れ残り品や倉庫に眠る在庫をどうするのかなど処理せねばならない問題が山積していた。在庫は、閉店前に半値以下のバーゲンセールをしたあと、佐和子親子はいろいろ考えた末、近在の自治体の老人会などに残りの商品を引き取ってもらうことにしたのである。

それだけではない。大分前から店の資金借入れのために抵当に入れてあった本家の自宅は店の名義になっていたので、店がなくなったため佐和子がそれを取り戻すために二百万円が必要となり、また自宅の裏にあった離れの家と寮、倉庫、縫製部を全部壊し、平地にして駐車場でも造るなら、既存の建物を壊すだけで一千万円はかかるという。

さらに二〇一一年の大地震で壊れた自宅の一部や屋根の修繕に五百万円、八百万円とかかっているのである。

これら高額の金額を、佐和子は、昔買っておいた土地を売却し、生命保険や国債、夫の退職金などをかき集めてまかなったようだった。まるでフミが十九一に相談もせず、ウン百万単位の金額を右から左へと動かしていた様子と重なり合うのだった。こんなときに母娘の似ているところが見えてくるのも皮肉といえば皮肉といえる。つまり、これら百万単位の金額を佐和子が決済しなければ、書類の上でも足利デパートは抹消されないのである。

長年、母親の入院中、母の枕もとにめったに見舞にも行かなかった次女、佐和子は毎日、母親が商売の鬼となって仕入れから販売まで采配していたのと同じように、制服戦線の戦場にいたのだ。佐和子は他の兄弟姉妹と同じく、小さいときから母子の団欒生活を味わったことなく、親の手のかからない放任主義で育ち、気がついたときには、足利デパートの後継者になっていたのだ。

彼女は「母親の見舞にも行かない冷たい娘」と他人にいわれようと、病院に花束や果物を届けることで母を想う気持を表すひまもなく、夫と息子、制服部のスタッフとともに何百着、何千着もの制服の注文を受け、自分が作った型紙にしたがって縫子たちや下請工場に発注する戦場にあったのである。ちょうど足利デパートの増築のときや大売出しのときにフミが仕事に忙殺されていた姿が、縫製部で制服作りにきりきり舞いしていた佐和子の姿と重なり合うのである。

もともと佐和子は足利デパートの後継ぎになろうなどと夢にも思ったこともないのに、母親が築いた足利デパートの店仕舞を彼女が引き受けることになったのである。事業家の遺族にはよくある、後継者が抱える問題の縮図を見せられているようだ。

　小沢フミは家庭生活も捨て、自分の生き甲斐のために、ほとんど自分のために貪欲に生きてきたのである。足利デパートの店仕舞を、次女の佐和子と孫の勇介が引き受けることになるとは想像だにしなかったし、想像することもできなかっただろう。事業をはじめたのが母親で、その幕を閉じるのが次女と孫の役となったのである。

　五人の子どものなかで長女はアメリカの地に眠り、末娘はフランスで生涯を送り、ふたりの息子はすでにこの世にいない。

　佐和子が、小沢家の本家と両親の墓を守る子孫になってくれたのである。アメリカで教授生活を送ったあと、二〇一七年五月、家族のだれも立ち会わずに灰となった長女、直子の遺灰は故郷にもどることはない。本家を継いだ佐和子と彼女の子どもたちがやってあげられることとは、直子の教授時代のポートレート写真を額に入れて、鴨居の上に両親の額入りの写真と並べて飾ることなのだろう。

あとがき

本書に描かれている両親の夫婦生活に中で、所どころ出てくるのは、父が、ほとんど母と結婚する前から囲っていたとみられる、お妾さんとの関係にたいするフミの女としての嫉妬とも、怒りともいえない鬱積した感情だと思います。

今日、夫の暴力や浮気、不倫ゆえに離婚して再婚すれば、新たな第二、第三の夫婦生活に挑戦する機会が与えられます。ということは、ほとんどの人が八十から九十歳くらいまで生きるとして、第一回、第二回、第三回目の結婚生活が失敗に終わろうと再婚すれば、人生の切り替えになる節々になるのではないか。子どもたちも同様に、親の再婚相手にしばられることもないのです。あとは義理の異母兄弟姉妹が増えていくだけです。

一九六〇年代に、岸恵子さんのフランス人イヴ・シャンピ監督との結婚が先駆けとなったのか、外国人と結婚することに違和感がなくなり、国際結婚という言葉も生まれました。わたしもそのカテゴリーに属します。

半世紀後の二〇〇〇年代に入ると日本人の国際化とともに加速化するグローバリゼーションにより、日本に勉学、研究に行く外国人に次いで、日本の多国籍企業で英語を使って働く西洋人も増えています。

わたしの知人の娘さんたちの中でも、ひとりは京都で知り合ったアメリカ人青年と結婚し、彼女の従姉はやはり東京で知り合ったフランス人と結婚し、ベルリンで子どもをもち、ドイツ語圏で夫婦は英語を使って日仏家庭を営んでいるそうです。もうひとりの女性は東京で知り合ったコンピュータグラフィックデザイナーであるフランス人と結婚し、彼女も英語で意思疎通しているというのです。とくに日英バイリンガル世代が増えつつある今日、当然、異国出身者同士の結びつきも増えていくことでしょう。

たしかに彼らの共通言語は英語です。言葉は言葉にすぎないのですが、言葉と感性の背後に横たわる、言葉にも表れない、生まれ育ってきた家庭環境や膨大な文化的背景、互いのアイデンティティをなすこれらの側面はとても複雑であり、わかり合うことは大変です。お互いにそこまで知らなくても愛があれば、日常のコミュニケーション、肉体関係には問題ないといわれれば、それまでですが。

今回、母フミと父十九一の大正時代から戦中、戦後までの夫婦関係と並行して、母の一生の歯車が止まらなくなる商売という枠の中で、途中で途切れることなく夫婦喧嘩をしながらもつづいた母と父の関係を言葉で表しながら、いったい夫婦とは何なんだろうと何度か自分に問わずにはいられませんでした。

自分の過去や少女時代を想いおこすとき、ここに書いてきたフミと十九一の顔と姿しか目に浮ばないのです。これこそわたしの出自の何ものでもないのではないかと痛感せざるをえないのです。

百年前に生まれ育った一組の夫婦の表裏一体を本著にまとめたことを、両親は墓の中でどう思っているのでしょう。父は、仏文学科を出た末娘の表現力の結晶と思って許してくれるでしょうか。

本書の中で、両親以外の人たちの名前は仮名で表記させていただきました。

最後に、二〇〇八年から、種々の翻訳書や自叙伝『四十年パリに生きる』まで数冊の拙書を快く出版してくださった緑風出版の高須次郎、ますみご夫妻、そして編集、装幀まで担当してくださった斎藤あかねさんに深く感謝し、お礼申し上げます。

パリにて　小沢君江

[著者略歴]

小沢君江（おざわ　きみえ）

1961年、AFS留学生として米国に1年滞在。1965年、早稲田大学仏文科卒。1971年、夫ベルナール・ベローと渡仏。1974年、ベローと共にイリフネ社創立。ミニコミ誌『いりふね・でふね』創刊。1979年、無料紙『オヴニー』発刊。1981年、民間文化センター「エスパス・ジャポン」創立。2010年6月創刊の仏語の月刊フリーマガジン「ZOOM Japon」の編集に携わる。

著書に半自叙伝『パリで日本語新聞をつくる』（草思社）。訳書『ボッシュの子』（祥伝社）、『ビルケナウからの生還』（緑風出版）、『誇り高い少女』（論創社）、『それは6歳からだった』（緑風出版）、『一台の黒いピアノ』（緑風出版）、『フランス人の新しい孤独』（緑風出版）、『フランス人ジハーディスト』（緑風出版）、自叙伝『四十年パリに生きる』（緑風出版）。

フミ物語《ものがたり》
——想い出の足利デパート

2018年6月30日　初版第1刷発行　　定価1400円＋税

著　者　小沢君江 ©
発行者　高須次郎
発行所　緑風出版
〒113-0033　東京都文京区本郷2-17-5　ツイン壱岐坂
［電話］03-3812-9420　［FAX］03-3812-7262　［郵便振替］00100-9-30776
［E-mail］info@ryokufu.com　［URL］http://www.ryokufu.com/

装　幀　斎藤あかね
制　作　R 企 画　　　印　刷　中央精版印刷・巣鴨美術印刷
製　本　中央精版印刷　　用　紙　中央精版印刷・大宝紙業　　E1200

ISBN978-4-8461-1810-5　C0095

◎緑風出版の本

■全国どの書店でもご購入いただけます。
■店頭にない場合は、なるべく書店を通じてご注文ください。
■表示価格には消費税が加算されます

一台の黒いピアノ
未完の回想
バルバラ著／小沢君江訳
四六判波製
二一六頁
1800円

シャンソンの女王、バルバラは、ユダヤ人として生まれ、ナチス占領下のフランス各地を逃げまどい、放浪し、苦難のなかからシャンソン歌手として成功する。その波乱の人生を綴った未完の自伝は人びとに強い衝撃を与える。

それは6歳からだった
ある近親姦被害者の証言
イザベル・オブリ著／小沢君江訳
四六判上製
二九五頁
2500円

子どもへの近親姦は、想像以上に多いが、なかなか告発されない。しかし被害者は精神を病んだり、自殺にはしるケースが多い。仏で初めて国際近親姦被害者協会を設立し、この問題に取り組む著者が、自らの赤裸々な半生を語る！

ビルケナウからの生還
ナチス強制収容所の証言
モシェ・ガルバーズ、エリ・ガルバーズ著／小沢君江訳
四六版上製
四〇四頁
3200円

ナチスの計画したユダヤ人殺戮・絶滅計画がくり広げられた強制収容所で生き抜いた一人のポーランド系ユダヤ人の身体に刻まれた実体験。東西に関係なく人びとが、その現実を直視し、読み継ぐべき衝撃的なホロコーストの証言。

四十年パリに生きる
[オヴニーひと筋]
小沢君江著
四六判並製
二七二頁
2000円

パリに四十年前に渡り、一九七四年に日本語ミニコミ誌「いりふね・でふね」をフランス人の夫とともに創刊し、現在も日本語新聞「オヴニー」を作り続けている女性がいる。彼女が自身の波瀾万丈で痛快な人生を語る、自叙伝。